KB139875

Kim Jiseok

1992년 이태리 페사로영화제에서

김쌤은 출장 중

김지석

일러두기

- 외국의 인명과 영화제명 등의 고유명은 부산국제영화제 DB의 표기를 따르되, 되도록 외래어표기법에 맞추도록 하였다. 최초 등장 시에만 원어와 병기하고, 이후에는 병기하지 않았다.

- 외국의 지역명은 특정한 맥락이 있어 원어 표기를 필요로 할 때를 제외하고는 원어 표기 하지 않았으며, '홍콩과학관'이나 '홍콩 컨벤션 엑시비션 센터' 등과 같은 공공장소 및 명소의 표기는 한국 포털 사이트 표기를 기준으로 했다. 이 역시 최초 등장 시에만 원어를 병기했다.

- 영화 제목은 꺾쇠괄호(〈〉), 신문, 잡지, 저널 등은 이중꺾쇠괄호(《》) 로 표기했으며 영화가 한국에서 개봉했거나 한국의 영화제를 통해 소개된 경우 그 제목을 따랐다. 한국에서 소개된 적 없는 영화의 경우 김지석 선생님의 번역에 따르거나, 임의로 번역하였다.

책머리에

이 책을 출판하게 된 계기는 후임자가 흘린 눈물이었습니다. 박선영 아시아 프로그래머가 김지석 선생님의 출장보고서를 읽다 가슴이 저며 왔던 이야기를 주위에 전했고, 그 후 이를 출판하면 좋겠다는 의견이 나오기 시작했습니다. 그리고 2019년 5월 18일 선생님의 2주기 추모식에서 출장보고서를 기반으로 하는 책을 출판하겠다고 약속드리게 되었습니다.

하지만 출장보고서는 딱딱한 양식의 문서이기 때문에 풍부한 내용에도 불구하고 그대로 출판하기엔 다소 어려움이 있었습니다. 그래서 선생님께서 언론에 기고했던 출장기, 그리고 출장을 내용으로 하는 뉴스레터를 중심으로 책을 엮기로 했습니다. 그리고 출장기에 담긴 메모들을 최소한의 가필을 거쳐 함께 수록했습니다.

이 책에는 선생님의 마지막 9년 동안 영화제 방문의 기록들이 담겨 있습니다. 대부분 아시아 지역의 영화제들입니다. 각국의 영화제, 그 지역의 영화계, 영화들 그리고 수많은 영화인들에 대한 소개가 빼곡히 담겨 있습니다. 어떤 책에서도 이러한 정보를 이처럼 한꺼번에 그리고 생생하게 만날 수 없을 것입니다. 2009년~2017년 사이 아시아 영화계의 상황을 기록한 중요한 자료인 이유입니다.

하지만 더 중요한 점은 이 책이 어떤 빛나는 순간들의 기록이라는 데 있을 것입니다. 부산이 세계와 만나는, 한국영화가 세계와 만나는 순간들이 선명히 담겨 있기 때문입니다. 더 심원하게는 아시아와 세계 곳곳에 흩어져 있던 정신들이, 영화라는 우주에서 만나 교유하며 우정을 만들었던 순간들에 대한 생생한 기록인 것입니다.

이 책에 실린 한 출장기에는 영화제에서의 열정의 중요성을 언급한 대목이 있습니다. 실로 영화와, 아시아와 그리고 사람들에 대한 선생님의 열정이 이 책을 관통하고 있습니다. 물론 그것은 선생님과 만남을 가졌던 수많은 분의 열정이기도 합니다. 그리고 지금 여기에 남아 영화제를 만들고, 영화를 보며 서로 만남을 이어가는 우리들의 것이기도 합니다. 바로 우리가 출장기록으로 그분을 기억하고자 하는 이유입니다.

선생님의 출장기는 영화제의 출범과 함께 시작되었기에 양이 매우 많습니다. 그래서 출장보고서가 확인 가능한 2009년부터 2017년까지의 출장기만 묶어서 먼저 내고, 나머지 부분은 내년에 출판할 예정입니다. 장기적으로는『김지석 선집』출판도 계획하고 있습니다. 2014년 이후 출장기가 부쩍 줄어든 것은 몹시 어려운 시절이었기 때문일 것입니다. 하지만 그 시기 동안에도 선생님은 꼼꼼히 출장보고서를 작성하셨습니다. 책의 마지막은 2017년 칸영화제 출장계획서입니다. 그 길을 마지막으로 선생님은 영원한 여행을 떠나셨습니다. 선생님의 여정이 따뜻하고 평화롭기를 마음 깊이 기원합니다.

지석영화연구소 일동

목차

2009

[참가기] 신임 집행위원장 수웨이 쇼의 등장

3월 24일(화)

오키나와국제영화제Okinawa International Movie Festival가 끝나고 귀국한 뒤, 하루 만에 다시 홍콩행 비행기에 올랐다. 개막식과 아시아영화상Asian Film Awards 시상식은 이미 어제 끝났고, 오늘은 필름마트가 본격적으로 시작되는 날이다. 홍콩국제영화제Hong Kong International Film Festival(이하 '홍콩영화제')는 올해 나름대로 변화를 꾀했다. 수웨이 쇼Soo Wei Shaw를 새 집행위원장으로 영입하고 온라인 홍보를 대대적으로 강화한 것이다. 수웨이 쇼의 영입에 대해서는 논란이 조금 있었다. 그녀의 젊은 나이와 국적(싱가포르) 때문이었다. 그녀의 이번 영입은 싱가포르영상위원회Singapore Film Commission, 워너 브라더스 싱가포르Warner Bros. Singapore 등 영화산업계의 풍부한 경력이 감안 되었지만, 무엇보다도 쇼 브라더스SHAW BROTHERS의 창립자 런런 쇼Run Run Shaw의 손녀딸이라는 점이 영입의 결정적인 이유라는 것이 대체적인 평이다. 그녀는 취임 이후 홍콩영화제의 로고와 심벌을 대대적으로 바꾸고 온라인 마케팅을 강화하는 등 의욕을 보이고 있다. 영화제 초반인 지금, 매진 작품도 속출하고 홍콩 시민들의 관심도 높아지는 등 성과를 거두고 있다. 그녀는 영화제 메인 호텔도 2008년 개관한 최고급 호텔인 W 호텔을 영입하는 수완을 보였다.

그런데 게스트들에게는 조금 불편하다. 위치도 그렇거니와 38층에 있는 게스트 데스크 겸 비디오 룸에 가려면 당혹스럽기 짝이 없다. 1층에 자원봉사자 데스크가 있지만, 체크인 데스크가 있는 6층에서부터는 투숙객만이 엘리베이터를 타고 올라갈 수 있기 때문이다. 그래서 W 호텔에 묵지 않는 게스트들은 엘리베이터를 타는 투숙객에 빌붙어서 38층에 올라가야만 했다. 게스트 데스크 겸 비디오 룸은 스위트룸 한 곳을 사용하고 있었는데, 해외 게스트가 그다지 많지 않아서 크게 붐비지는 않았지만, 공간 구조 때문에 다소 낯설었다. 비디오 룸을 침실에 설치했기 때문이다. 침대가 덩그러니 놓여 있고 그 옆에서 비디오를 보는, 그 어디서도 볼 수 없는 낯선 풍경이 전개되는 것이다.

호텔에 짐을 푼 후 가장 먼저 달려간 곳은 타이완영화 리셉션 장. 필름마트가 열리는 홍콩 컨벤션 엑시비션 센터의 전시 공간이 워낙 넓어 마켓 부스 옆에서도 리셉션을 할 수 있는 공간이 충분히 확보되어 있다. 타이완영화 리셉션 장에서는 장초치 필름Chang Tso Chi Film Studio Co, Ltd.의 해외 담당 스타 우를 만나 장초치의 신작 〈안녕하세요, 아버지?How Are You, Dad?〉의 스크리너를 받았다. 지난해 PPP 프로젝트였는데, 막 편집을 끝낸 스크리너를 받은 것이다. 저녁에는 지아장커Zhangke Jia가 지인들 몇 명만 초청한 저녁 식사에 참석했다. 베니스국제영화제Venice International Film Festival(이하 '베니스영화제') 집행위원장 마르코 뮐러Marco Muller와 유릭와이Likwai Yu 등 10여 명이 저녁을 함께했다. 지아장커는 그동안 부산국제영화제(이하 '부산영화제')에 뜸했는데, 올해는 꼭 오고 싶다고 이야기한다. 문제는 스케줄인데, 지아장커는 올해 다큐멘터리 하나와 무협극 하나를 만든다고 한다. 지아장커가 만드는 무협극은 허우샤오시엔Hsiao-hsien Hou이 준비 중인 무협극과 함께 내년에 가장 주목받는 중화권 영화가 될 것이다.

지아장커와 이야기를 끝낸 뒤 다시 일본영화 리셉션장으로 자리를 옮겼다. 일본영화 리셉션은 도쿄국제영화제Tokyo International Film Festival(이하 '도쿄영화제') 마켓인 티프콤TIFFCOM에서 주최한 파티였다. 지난해에 도쿄영화제 집행위원장이 된 요다 씨Tom Yoda는 확실히 이전 집행위원장들과는 다르다. 여러 영화제와 마켓에 열심히 다니면서 도쿄영화제와 마켓에 대한 프로모션을 성실하게 수행하고 있다. 일본 정부에서도 도쿄영화제와 마켓에 대한 지원을 점차 늘리고 있어 우리와는 치열하게 경쟁하게 될 것 같다. 고레에다 히로카즈Hirokazu Koreeda 감독을 만나서도 이런저런 이야기를 나누었다. 신작 〈공기인형Air Doll〉의 후반 작업이 거의 마무리되었다고 하는데, 기대가 된다. 고레에다 히로카즈 감독과는 올해 우리 영화제 참가 외에도 중요한 행사 하나를 함께하게 될 것 같다. 그밖에 닛카쓰Nikkatsu, 쇼치쿠Shochiku, 도에이Toei 직원들과 올해 신작에 대해 많은 이야기를 나누었다.

3월 25일(수)

오전 9시 45분. 마켓에서 닝하오Hao Ning의 〈실버 메달리스트Silver Medalist〉(2009)를 봤다. 그런데, 영문 자막이 없다. 마켓 스크리닝인데도 영문 자막이 없다니, 당황스럽다. 내용을 100% 이해할 수는 없지만 역시 잘 만든 작품인 것 같다. 스크리너를 따로 받아야 할 것 같다. 점심은 말레이시아의 미디어 그룹 아스트로Astro사의 구매 담당 부사장 텅리옌과 하면서 우리 영화제의 마켓과 관련된 협조 사항을 논의했다. 이어 2시에는 마켓에서 이란영화 〈어바웃 엘리About Elly〉를 봤다. 이 작품은 올해 베를린국제영화제Berlin International Film Festival (이하 '베를린영화제') 경쟁부문 진출작이다. 감독 아쉬가르 파르하디Asghar Farhadi는 우리 영화제와도 인연이 있다. 2003년에 데뷔작 〈사막의 춤Dancing In The Dust〉이 뉴 커런츠 부문에 초청된 바 있다. 해안가로 휴가를 떠난 가족과 친구들 사이에서 벌어지는 비극적 사건을 통해 서로 잘 알고 있다고 믿었던 관계의 허구를 이야기하는 작품으로 단연 수작이다.

오후에는 마켓 부스를 돌았다. 베트남 미디어VIETNAM MEDIA CORP. / BHD CO, LTD 부스에 가니, 바오마이가 반갑게 나를 맞는다. 부사장 빅 한Bich Hanh Ngo이 오전에 베트남으로 먼저 떠났다며 안부를 전한다. 바오마이는 드디어 내년에 베트남에서 국제영화제가 출범한다는 사실을 알려준다. 그동안 베트남 미디어는 정부 측과 국제영화제 창설을 위한 논의를 오랫동안 해

왔으며, 우리 영화제에 인턴을 파견하여 영화제 운영을 배워가기도 했다. 내년이 하노이시 정도定都 1,000년이 되는 해인데, 이를 기념하여 국제영화제를 창설하기로 했단다. 시기는 10월이 될 예정인데, 우리 영화제가 끝난 뒤 하게 될 것으로 보인다. 이를 위해 올 하반기나 내년 초에 하노이에 가게 될 것 같다.

이어, NTV에 들러 오랜 지인인 후미코와 신작 이야기를 나누었다. 특히, 〈시간을 달리는 소녀The Girl Who Leapt Through Time〉의 호소다 마모루Mamoru Hosoda의 신작 〈썸머 워즈Summer Wars〉와 〈에반게리온: 파Evangelion: 2.0 You Can 〈Not〉 Advance〉에 대해 집중적으로 논의했다. 다음은 닛카쓰. 미이케 다카시Takashi Miike의 〈이겨라 승리호Yatterman〉와 〈울트라 미라클 러브 스토리Ultra Miracle Love Story〉 스크리너를 받았다. 저녁에는 공식호텔인 W 호텔이 있는 쇼핑몰 안의 상영관 그랜드시네마로 가서 야스민 아흐마드Yasmin Ahmad의 〈탈렌타임Talentime〉을 봤다. 지난해 우리 영화제 PPP 프로젝트 대상을 수상한 바 있는 야스민의 신작인데, 고등학교 학예회에 참가하는 청소년들의 사랑과 우정을 그린 작품이다. 야스민의 작품이 늘 그렇듯 말레이계와 화교, 인도계 사이의 문화적 갈등이 바탕에 깔려 있다. 야스민은 조만간 메이저급 영화제에서도 주목할 것으로 보인다.

3월 26일(목)

아침에 우리 영화제의 이신애 마켓 팀원과 필리핀 부스

를 방문하여 올해 우리 마켓 참가에 대해 논의했다. 지난해 우리 영화제에서 필리핀 영화를 대거 소개한 바 있고 필리핀영화 리셉션을 개최할 정도로 우리 영화제에 대해 비중 있게 생각하고 있는 터라, 그들과의 이야기는 쉽게 풀렸다. 올해는 지난해보다 더 많은 필리핀 회사가 우리 마켓에 참가할 것으로 보인다. 필리핀의 비중 있는 애니메이션사인 커팅에지Cutting Edge사의 어윈Erwin Escubio을 만나 장편 애니메이션 〈다요The Wanderer in the Land of Elementalia〉의 스크리너도 받았다. 아직 다른 영화제에서는 소개되지 않았지만, 꽤 잘 만든 애니메이션이라 기대가 크다.

점심은 여동생 같은 타이완의 장산링Sanling Chang(나에게는 타이완 영화의 가장 정통한 소식통이다), 여감독 푸티안유Tien-Yu Fu, 프로듀서 예루평Ju Feng Yeh과 함께했다. 예루평은 지난해 〈하이자오 7번지Cape No. 7〉의 성공 이후 타이완 영화산업계의 변화된 모습을 전해 주었다. 타이완 내에서 투자가 몰리는 것은 물론 중국에서도 연락이 와서, 돈은 얼마든지 댈 터이니 영화를 만들어 달라고 제의한다는 것이다. 자국 시장 점유율이 5%를 넘지 않는 타이완 영화계에서 〈하이자오 7번지〉의 성공이 얼마나 변화를 지속적으로 이끌어낼지는 지켜볼 일이다. 점심 이후 푸티안유의 데뷔작 〈내가 여행하지 않은 곳SOMEWHERE I HAVE NEVER TRAVELLED〉을 봤다. 전형적인 성장영화인데, 조금 약하다. 이어 운시앙Xiang Yun의 심심한 퀴어시네마 〈영구거류Permanent Residence〉를 보고 난 뒤, 완차이의 한 식당으로 발걸음을 옮겼다. 조니 토Johnnie To 감독이 몇몇 해외 게스트를 따로 초청한 저녁식사 자리였다. 조니 토와는 올해 우리 영화제에서의 특별한 이벤트를 위해 지난해부터 논의를 계속해 왔는데, 이제 마무리 단계에 왔다. 문제는 그의 스케줄. 1년 365일 쉬는 날이 없고, 촬영도 사무실에서 가까운 곳에서만 한다는 말이 있을 정도로 바쁜 스케줄에서 4~5일 정도를 뺀다는 것이 쉽지가 않을 것이다. 하지만, 조니 토와 따로 마주한 자리에서 스케줄 조정을 강력히 요청했고, 조니 토는 긍정적인 답변을 했다. 비서인 샨딩Shan Ding이 옆에서 거들었는데, 4월 15일까지 최종 답변을 주겠다고 한다. 이제는 밥을 안 먹어도 배가 부르다. 해서 저녁도 건너뛰고 그랜드시네마로 가서 레온 다이Dai Leon의 〈노푸에도 비비르 신No Puedo Vivir Sin〉 (스페인어로 '너 없이는 못살아' 라는 뜻)을 봤다. 레온 다이는 원래 유명한 배우로, 이번에 자신의 영화를 찍었다. 데뷔작 촬영 현장에도 갔던 인연이 있어 극장에서 반갑게 인사를 나누었다. 실화를 바탕으로 한 흑백영화로, 마지막 장면이 인상적이다. 레온 다이는 국내의 다른 영화제에 초청을 받아 한국에 간다고 했다. 해서, 한국에서 만나 밥을 사기로 약속했다.

3월 27일(금)

오전에 프랑수아 다 실바François Da Silva를 만나 긴요한 이야기를 나누었다. 칸영화제Cannes Film Festival 감독주간의 전 집행위원장이었고, 뤽 베송Luc Besson의 유로파사EuropaCorp 대표이기도 했던 그는 최근 독립하여 인도와의 합작에 전념하고 있다. 특히, 인도 영화계의 최고 거물인 야쉬 초프라Yash Chopra와 새로운 사업을 진행하고 있다. 그에게 올해 우리 영화제와 관련하여 몇 가지 부탁을 했고, 그는 흔쾌히 승낙했다. 또한, 야쉬 초프라의 회사에서 최근 디즈니사와 합작하여 완성한 장편 애니메이션 〈집 없는 강아지 로미오Roadside Romeo〉의 스크리너를 건네준다. 발리우드 식 춤과 노래가 들어간 디즈니 스타일의 장편 애니메이션이라 정말 기대된다.

점심은 이레시스터블 필름Irresistible Films의 로나 티Lorna Tee와 함께했다. 쉬커Hark Tsui 감독의 부인 난순 쉬Nansun Shi 여사가 대표로 있는 이레시스터블 필름은 일본의 에이벡스Avex Entertainment와 홍콩의 에드코Edko Films가 공동 투자한 펀드사로, 주로 아시아의 젊은 감독들 영화에 투자할 예정이다. 로나 티는 이레시스터블 필름에 들어가기 전에도 제작자로 활동했었는데, 말레이시아 감독 호유항Yuhang Ho의 신작도 현재 진행 중이다. 호유항의 신작은 촬영을 마무리하고 우리 영화제의 후반 작업 지원펀드를 받아 현재 서울에서 후반 작업 중이다. 이 때문에 로나는 내일 서울에 간다고 한다.

점심 이후 도에이사의 오쿠보Tadayuki Okubo를 만났다. 유키사다 이사오Isao Yukisada의 신작이 있고, 부산에서 월드 프리미어를 원한다고 한다. 일단 작품이 완성되면 보자고 했다.

저녁에는 리다웨이Dawei Li의 〈테일 오브 투 동키스A Tale of Two Donkeys〉를 봤다. 뜻밖에 흥미롭다. 저예산 영화인데도 당나귀 두 마리와 청년과의 대결이 코믹하고 완성도 있게 만들어졌다. 이어 세계의 단편 애니메이션을 모은 월드 애니메이션 모음집을 보고 하루를 마무리한다.

3월 28일(토)

오늘은 온종일 비디오 룸에서 시간을 보낸다. 홍콩영화제의 상영관이 워낙 분산되어 있어 이동이 용이하지 않기 때문이다. 사실 관객이나 게스트의 입장에서는 이 점이 특히 불편한데, 거의 시내 전역에 상영관이 분포되어 있다고 해도 과언이 아니다. 그나마 공휴일에는 종일 상영이라도 하지만 평일에는 낮 상영을 하지 않는 영화제 상영관도 많다. 때문에 비디오 룸을 사용하는 빈도가 높아진다. 하지만 이곳 비디오 룸에 설치된 DVD 플레이어는 고작 5대. 게스트가 많지 않아서 그나마 다행이기는 하다. 정작 상영관에서도 입장이 쉽지 않다. 티켓을 가진 관객의 입장이 먼저이고, 배지를 가진 게스트는 그다음에 입장이 가능하다. 예전처럼 매진된 영화에 한해 티켓을 따로 주지도 않는다. 이 때문에 불편을 호소하는 게스트들이 꽤 있다. 이것이 내가 비디오 룸을 애용하는 이유이다.

필립 영Philip Yung의 〈화려한 청춘Glamorous Youth〉은 월드 프리미어 작품인데, 청춘 드라마를 홍콩 사회의 축소판으로 그리고 있는 작품이다. 마지아르 미리Maziar Miri의 〈법률책The Book of Law〉은 심심한 제목과는 달리 애절한 사랑 이야기이다. 바레인의 통역사와 사랑에 빠져 결혼에 이르지만, 문화 차이 때문에 갈등을 빚는 이란의 남자 이야기를 그린 작품으로 드라마 구조가 탄탄하다. 후나하시 아츠시Atsushi Funahashi의 〈깊은 계곡〉Deep in the Valley은 사라져가는 전통문화에 대해 영화를 찍는 젊은이에 관한 페이크 다큐멘터리인데, 조금 심심하다.

오후 4시 반에는 젯톤Jet Tone Films Limited.(왕자웨이Kar Wai Wong 감독의 제작사)의 노먼 왕Norman Wang, 《뉴스위크 홍콩Newsweek Hong Kong》의 알렉산드라 세노Alexandra A. Seno와 미팅을 했다. 노먼에 따르면 〈동사서독Ashes Of Time〉의 개봉 차 베이징에 가 있는 왕자웨이는 가을에 크리스토퍼 도일Christopher Doyle과 신작을 만들 것이라고 한다. 그리고 욘판Yonfan 감독의 신작에 대해 많은 이야기를 나누었다. 욘판은 그동안 독특한 색깔의 영화를 만들어온 독립영화 감독으로, 아직 국내에는 거의 소개된 바가 없다. 그런 그가 타이완으로 돌아가 대하드라마 한 편을 완성했는데, 메이저 영화제 경쟁 부문 진출이 거의 확정적이라고 한다. 제작자는 프룻 첸Fruit Chan. 프룻 첸은 내일 만나기로 했기 때문에 잘됐다 싶다. 욘판 감독은 2004년에 트랜스젠더의 이야기를 다룬 〈하리수 도색Colour Blossoms〉이라는 영화로 베를린영화제 초청을 받은 바 있는데, 하리수 씨가 이 영화에 주연으로 출연한 바 있다. 저녁은 마침 홍콩영화제 참석 중인 정

우정 제천국제음악영화제 프로그래머와 손소영 서울국제청소년영화제 프로그래머와 함께했다. 해외영화제에서 국내영화제 프로그래머들과 함께 하는 시간은 일단 마음이 편하다.

3월 29일(일)

오전에 홍콩영화제 수석프로그래머인 제이컵 웡Jacob Wong을 만나 이야기를 나누었다. 올해 홍콩영화제의 변화에 대해 여쭈어봤더니, "늘 그렇지" 하는 대답이 돌아온다. 올해 집행위원장도 바뀌고 온라인 마케팅도 강화해서 관객이 늘지 않았냐고 했더니, 처음 며칠간은 그랬는데 그 뒤로부터는 예년과 비슷하다고 한다. 그러면서 정부 당국의 지원에 대해서는 여전히 아쉬움을 토로한다.

이어 홍콩과학관HK Science Museum으로 옮겨가서 '일본실험영화 컬렉션'을 봤다. 하지만 수준이 그다지 높지 않아서 실망스럽다. 다시 말레이시아의 제임스 리James Lee 감독을 만나 말레이시아의 신작에 관한 정보를 얻었다. 탄추이무이Chui Mui Tan도 장편 제작에 곧 들어갈 것 같고, 호유항 감독의 조감독 출신인 샬럿 림Charlotte Lim이 현재 데뷔작을 찍고 있다고 한다. 올해 뉴 커런츠 후보작으로 눈여겨봐야 할 것 같다.

저녁에는 올해 홍콩영화제 개막작인 허안화Ann Hui의 〈밤과 안개Night and Fog〉의 기자 시사에 참석했다. 허안화는 지난해에도 천수위를 배경으로 한 〈천수위의 낮과 밤The Way We

2009년 홍콩영화제 개막작
허안화 감독의 <천수위의 밤과 안개>

Are〉을 발표한 바 있다. 천수위는 1987년부터 개발되기 시작한 재개발 지역으로, 홍콩 신계지 북서지역에 위치해 있는 곳이다. 대규모 아파트 단지에는 현재 27만여 명이 살고 있는데, 주로 서민층이 모여 산다. 안후이는 이곳 천수위에서의 서민의 삶을 연작으로 만들고 있는 것이다. 〈밤과 안개〉는 본토 여인과 결혼한 홍콩 남자의 가정폭력과 그에 따른 비극을 사실적 스타일로 그리고 있는 작품으로, 주연을 맡은 런다화Ren Dahua의 연기가 압권이다. 근래 들어 홍콩인들의 삶을 진솔하게 그리고 있는 작품을 보기 힘든데, 그런 점에서 허안화의 '천수위' 시리즈는 의미가 깊은 작품이다.

〈밤과 안개〉를 본 이후 프룻 첸을 만났다. 프룻 첸도 바쁘기로는 만만치 않은 감독이다. 최근 할리우드에서 공포영화 한 편을 찍었고, 욘판의 신작 제작에다 5월에는 허진호, 최건 감독과 함께 만드는 옴니버스 영화 〈청두, 사랑해Chengdu I Love You〉의 촬영에 들어간다. 할리우드에서의 작업에 대해서는 불만스러운 표정이 역력하다. 감독으로서의 자신의 색깔이 전혀 반영될 수 없는 구조라는 것이다. 일본영화의 리메이크작인데, 귀신에 대한 해석이 미국과 일본, 홍콩이 다 달라서 애를 먹었다고 한다. 이를테면 일본에서는 귀신이 말을 하지 않는데, 일본 측 관계자가 이를 주장했을 때 프룻 첸의 입장에서는 이를 이해하기 힘들었다고 한다. 그도 그럴 것이 홍콩영화에서 귀신은 일반 사람과 마찬가지로 말을, 그것도 많이 하기 때문이다.

합작이 어려운 이유를 또 하나 깨우치게 되었다.

3월 30일(월)

아침에 평사오강Ho-cheung Pang 감독의 신작 촬영 현장을 방문키로 했다. 제작사에서 차로 픽업을 나와 줘서 촬영 장소인 청수만 스튜디오로 향했다. 평사오강 감독의 신작은 공포영화인 〈드림 홈Dream Home〉. 평사오강 감독으로서는 새로운 도전인 셈이다. 제작비도 꽤 되는 작품으로, 홍콩의 주택문제를 바탕으로 한 공포영화이다. 촬영은 지아장커의 콤비인 유릭와이가 맡았고, 투자는 새로 창설된 852 필름에서 한다. 852 필름의 대표인 콘로이 챈Conroy Chan은 뮤지션 출신으로 한국의 음악인들과도 친분이 두터운 인물이다. 평사오강의 아내이자 제작자인 수비Subi Liang와는 향후 일정과 영화제 참가에 대해 의견을 교환했다. 그동안 찍어놓은 푸티지를 보니, 거의 슬래셔 영화에 가깝다. 배에서 내장이 나오는 장면을 보여주기에 고개를 돌렸더니, 평사오강은 저건 곱창이라고 하면서 촬영이 끝난 뒤 구워 먹었다고 농담을 한다.

점심을 먹고, 다시 W 호텔의 비디오 룸으로 향했다. 먼저 본 영화는 제임스 리의 〈필요하면 연락해Call If You Need Me〉. 제임스 리 역시 일정한 수준 이상의 작품을 꾸준히 만드는 독립영화 감독으로 〈필요하면 연락해〉는 꽤 대중적인 요소가 있는 작품이다. 사촌에게 배신당하는 말레이시아의 암흑가 중간급

보스의 이야기를 그리고 있는 작품으로, 우리 영화제와 인연이 깊은 말레이시아의 가수 겸 배우인 피트 테오Pete Teo가 주연을 맡았다.

저녁에는 또 다른 개막작인 데렉 이Derek Yee의 〈신주쿠 사건The Shinjuku Incident〉을 봤다. 청룽Jackie Chan이 액션극이 아닌 정극에 도전하는 작품이다. 내용은 중국 본토에서 일본으로 밀항하여 암흑가의 보스로 성장해 가다가 몰락하는 중국인 철두Steelhead의 삶에 관한 것이다. 일단, 데렉 이의 연출력이 탄탄하다는 점을 다시 한 번 인정하게 된다. 야쿠자 두목 에구치Eguchi와 타이완계 야쿠자 집단과의 갈등, 본토 시절의 연인 슈슈Xiu-Xiu와 일본에서 새로 만나는 여인 릴리Lily와의 사랑, 타이완계 야쿠자에게 린치를 당하여 좌절을 하는 지에Jie, 철두를 쫓는 형사 기타노Kitano 등 다양한 인간 군상의 이야기가 무리 없이 전개되어 나간다. 다만, 청룽이 젊은 시절의 철두를 연기하는 데 있어서는 한계를 보이는 취약점이 눈에 띈다. 한편으로는 중국 본토에서의 상영 허가에 대한 논란이 있다고 하는데, 이유를 알 것 같다.

3월 31일(화)

오늘이 마지막 날이다. 오전에 비디오 룸에 들러 바르막 아크람Barmak Akram의 〈카불리 키드Kabuli Kid〉를 봤다. 어느 미혼모가 택시에 아이를 두고 내리자, 아이의 엄마를 찾으러 나서는 택시기사의 며칠간을 담은 작품으로, 꽤 괜찮다. 점심은 영화제 측이 영화제 초청 감독을 위해 마련한 런천에서 해결했다. 그런데 감독이 몇 안 된다. 지난해 부산영화제 초청작인 〈무당의 춤Native Dancer〉의 구카 오마로바Guka Omarova, PPP 프로젝트 〈양양Yang Yang〉의 쳉유치에Yuchieh Cheng, 지난해 AND 지원작 〈멘탈Mental〉의 소다 카즈히로Kazuhiro Soda, 역시 지난해 부산영화제 뉴 커런츠 초청작인 〈얼동Er Dong〉의 양진Yang Jin과 〈잘라이누르Jalainur〉의 자오예Zhao Ye 등이 다였다. 구카 오마로바는 지난해에 작품만 초청했기 때문에 이번이 첫 만남이다. 그녀는 세르게이 보드로프Sergei Bodrov의 제작으로 신작을 준비 중이라고 한다. 미국 불법 이주 때문에 체포되어 오랫동안 교도소 생활을 하고 있는 중국 여인의 삶의 궤적을 담은 작품인데, 가을 촬영을 준비 중이라고 한다. 쳉유치에와 소다 카즈히로, 양진, 자오예 모두가 우리 영화제와 인연이 깊은 감독들이라 다들 반가워했다. 특히, 소다 카즈히로는 AND 펀드 덕분에 〈멘탈〉을 완성할 수 있었고, 부산을 비롯한 여러 영화제에서 수상의 기쁨을 누리고 있어서 감사하다고 한다.

저녁 7시. 홍콩문화센터Hong Kong Cultural Centre에서는 시상식과 함께 〈양 양〉의 상영이 있었다. 다큐멘터리 경쟁부문에서는 〈멘탈〉이 또다시 작품상을 수상했다. 아마도, 지난해 만들어진 아시아의 다큐멘터리 중에서 전 세계에서 가장 각광을 받은 작품이 〈멘탈〉일 것이다. 우리 영화제의 AND 펀드가 이런 작품을 지원했다는 사실이 매우 자랑스럽다. 〈양 양〉은 올해 베를린영화제 파노라마 부문 초청작이다. 쳉유치에는 지난 2006년에 데뷔작 〈새해의 꿈Do Over〉이 부산영화제에 초청된 바 있으며, 〈양 양〉은 지난 2007년 PPP 프로젝트였다. 백인과 아시아계 혼혈인 육상선수 양양은 엄마가 재혼하면서 같은 육상부 친구인 샤오루Xiao Lu와 자매간이 된다. 어느 날, 샤오루의 남자친구인 숀Shawn이 양양에게 사랑을 고백하면서 양양과 샤오루의 사이는 점점 멀어진다. 양양은 집을 떠나 타이베이로 가서 배우가 된다. 성장영화이면서 동시에 청춘영화이기도 한 〈양 양〉은 심리묘사가 탁월하다. 특히, 양양의 매니저인 밍런Ming-Ren의 캐릭터가 매우 매력적이다. 통속적인 매니저의 모습에서 벗어나 자기 사랑을 감추는 캐릭터인데, 양양이 친아버지에 대한 흐릿한 기억을 되살리는 역할을 하기도 한다. 아무튼 〈양 양〉은 올해 타이완영화가 배출한 수작임에 틀림없다.

이로써 올해 홍콩영화제 출장 일정은 모두 마무리되었다. 홍콩영화제가 점점 아시아영화상 시상식에만 집중하고 영화제 자체는 소홀히 한다는 느낌을 받기는 했지만, '홍콩파노라마'와 '중국영화신천지', '영 타이완시네마' 등 중화권 영화 발굴에 힘을 쏟으면서 나름대로의 정체성을 유지하려는 노력은 높이 평가해야 할 것 같다. 또한 올해 유럽권 회사의 참가 저조로 약간 빛이 바래기는 했지만, 여전히 홍콩필름마트는 아시아권에서는 가장 강력한 필름 마켓이다. 부산영화제 아시안필름마켓의 분발의 필요성을 다시 한 번 절감한다.

[뉴스레터] 아시안필름마켓의 안정적 정착을 목표로 -2009년 3호(2009년 4월 17일 자)

어느덧 4월입니다. 이제 제14회 부산영화제는 6개월여 남았네요. 저희는 열심히 영화제 준비에 매진하고 있습니다. 프로그래머들도 세계 곳곳을 누비며 숨은 보석들을 발굴하느라 애를 쓰고 있습니다. 피프 웹진에 참가기가 올라가 있지만, 이수원 프로그래머의 페스파코영화제Fespaco 출장은 '아프리카영화와의 근접 조우'라는 점에서 매우 의미심장합니다.

아프리카영화는 부분적으로 유럽권 영화제에서 소개가 되고 있을 뿐, 아프리카 이외의 지역에서 지속적이고 체계적으로 소개되고 있지는 않습니다. 이번에 이수원 프로그래머는 아프리카영화인들과 확실한 네트워크를 구축하고 왔고, 앞으로 부산영화제를 통하여 그 결과를 확인하게 될 것입니다.

아시아 지역의 올해의 화두는 '인도와 중동'입니다. 지난해에 저희가 카자흐스탄과 필리핀영화를 집중조명하면서 세계무대에 이들 지역 영화의 새로운 흐름을 확실하게 알렸지만, 올해 인도와 중동영화는 조금 다른 차원에서 소개가 될 것입니다. 인도영화는 이미 전 세계에서 각광을 받고 있고, 심지어는 할리우드와의 공동작업도 활발하게 추진되고 있습니다. 하지만 아시아 지역 내에서의 공동작업은 아직 미미한 형편입니다. 올해 부산영화제는 한국을 중심으로 한 동아시아 지역과 인도영화의 본격적인 교류 및 공동작업에 대한 화두를 던질 것입니다. 그래서 이미 인도영화계 최고의 거물인 야쉬 초프라와 접촉을 시작했습니다. 그가 부산에 오면 매우 의미 있는 사업들을 논의할 수 있을 것입니다. 중동지역은 그동안 이란을 제외하고는 영화제작이 활발하지 못했습니다. 하지만 최근에 이라크, 사우디아라비아, 아랍에미리트 등에서 영화제작이 싹을 틔우기 시작했고, 저는 이들 지역의 영화를 주목하고 있습니다. 해서, 그들의 영화가 부산을 통해서 세계로 나아가도록 부산영화제가 일정한 역할을 할 생각입니다.

영화제 내부적으로는 운영시스템 소프트웨어의 새로운 모델을 'CJ 시스템즈'와 함께 개발 중입니다. 2년 전, CJ 시스템즈와 저희가 공동으로 개발한 티켓 시스템이 최근에 국내의 거의 모든 영화제의 표준으로 자리 잡았듯이, 이제는 운영시스템의 새로운 모델을 만들어 가고 있습니다. 작품과 게스트 초청, 마켓, 이벤트, 티케팅 등에 관련된 '실시간' 통합관리 시스템이 바로 그것으로, 이 시스템이 완성되면 해외의 영화제에 수출도 가능할 것입니다. 약 10여 년 전에 당시로써는 최첨단이었던 체코의 카를로비바리국제영화제Karlovy Vary International Film Festival (이하 '카를로비바리영화제')의 운영시스템을 배워서 운영했었는데, 이제는 우리가 개발 중인 운영시스템이 전 세계에서 가장 앞선 시스템이 될 것입니다.

저는 지난 3월에 홍콩과 오키나와영화제를 다녀왔습니다. 잘 아시는 것처럼 부산영화제의 지역별 경쟁 상대는 홍콩영화제와 도쿄영화제입니다. 영화제 간 경쟁은 어느 정도 정리가 된 것 같은데(이를테면, 프리미어 작품의 경우 부산은 2008년에 월드 프리미어 85편/인터내셔널 프리미어 48편/아시아 프리미어 95편이었던 데 반해, 홍콩은 2009년에 월드 프리미어 19편/인터내셔널 프리미어 17편/아시아 프리미어 33편이었습니다), 지금은 마켓 간 경쟁이 매우 치열합니다. 홍콩과 도쿄의 마켓은 토털 콘텐츠 마켓(TV, 음반, 만화, 영화 등)인 데 반해, 저희의 아시안필름마켓은 순수한 필름마켓입니다. 때문에 규모에 있어서는 차이가 납니다. 또한 저희 마켓은 출범한 지 이제 3년밖에 되지 않아서 아직도 갈 길이 멉니다. 이를 극복하기 위해 다양한 방안들을 고민하고 있고, 또 시행 중입니다. 현지 전문가와의 협력 강화, 새로운 세일즈 회사와 바이어 발굴, 온라인 기능의 획기적 개선 등이 그 방안입니다. 특히, 온라인 기능의 강화는 기존의 필름 마켓의 콘셉트를 바꾸는 일이 될 텐데요. 다각도로 그 가능성을 검토하고 진행 중입니다. 때문에 올해가 저희 마켓의 안정적인 정착에 있어 가장 중요한 한 해가 될 것입니다.

제 책상 위에는 벌써부터 출품작 DVD들이 수북이 쌓여 있네요. 그 가운데는 우리 관객을 울리고 웃기고, 또 감동을 줄 작품들이 숨어 있겠지요. 다음 출장 때까지 열심히 보고 초청작을 고르겠습니다. 다음 달에 다시 인사드리겠습니다. 안녕히 계십시오.

칸영화제 05.12~05.23

[출장기] 우리 마켓이 치열한 경쟁 속에서 승기를 잡기를

5월 13일(수)

영화제 개막은 저녁부터지만 칸 마켓은 오전부터 문을 열었다. 확실히 예년에 비해 한산한 분위기다. 미리 약속이 되어 있던 베트남 미디어의 빅 한 부사장과 먼저 만나 몇 가지 사항을 논의했다. 신작 DVD는 따로 챙겨 받기로 하고, 내년에 출범하는 하노이국제영화제Hanoi International Film Festival(이하 '하노이영화제')에 관한 많은 이야기를 나누었다. 개최 일정은 10월과 11월 중 언제가 좋겠냐는 질문에 11월이 좋겠다는 의견을 제시했고, 올해 우리 영화제에서 하노이영화제 출범에 관한 기자회견을 하기로 합의했다. 그리고 7월경에 하노이를 방문하여 영화제 전반에 관한 준비를 자문해달라는 요청을 받고 승낙했다. 베트남 미디어는 이미 2년 전에 스태프들을 우리 영화제에 인턴으로 파견하여 영화제 실무를 익힌 바 있다. 이어 이란의 세일즈 회사인 SMI의 카타윤 샤하비Katayoon Shahabi 사장을 만나 신작 DVD를 받고 올해 협조 사항에 대해 논의했다.

다음에는 얼마 전 타개한 포르티시모 사FORTISSIMO FILMS의 바우터 브렌드레흐트Wouter Barendrecht의 추모식에 참가했다. 전 세계에서 가장 영향력 있는 세일즈 회사 중 하나로 손꼽히는 포르티시모사의 창립자 바우터는 지난달 태국 출장 중 심장마비로 갑자기 타개했고 본국인 네덜란드 암스테르담에서의 장례식과 지사가 있는 홍콩에서의 추모식에 이어 이곳 칸에서도 추모식을 가진 것이다. 추모식에는 티에리 프레모Thierry Fremaux 칸영화제 집행위원장도 참가하여 추도사를 했다. 추모식이 끝난 뒤, 공동대표인 마이클 베르너Michael Werner가 잠깐 이야기를 하자고 했다. 그에 따르면, 바우터 재단을 만들어 주요 영화제에서 신인 감독에게 수여 하는 상을 제정하려고 하는데, 부산영화제에서도 이에 동참해 주었으면 한다는 것이다. 그동안의 포르티시모, 바우터와 우리와의 인연 때문에 적극적으로 검토하겠다고 대답했다. 4시에는 마켓 상영관으로 가서 영화를 보기 시작했다. 먼저, 타나콘 퐁수완Thanakorn Pongsuwan의 〈파이어볼Fireball〉.

5월 15일(금)

비가 내리는 아침 9시에 영화진흥위원회 부스에 들렀는데, 정전이다. 게다가 부스에는 비까지 샌다. 그런데 이곳에서는 이를 별로 대수롭지 않게 여긴다. 한국 같으면 '동네 영화제냐' 소리를 들을 터다. 10시에는 화이 브라더스Huayi Brothers의 해외 담당 펠리스 비Felice Bee를 만나 펀드에 관해 논의를 했다. 하지만 중국과의 펀드 합작은 여의치 않을 것 같다. 워낙 시스템과 지향점이 다르기 때문이다. 화이 브라더스만 해도 중국의 3대 민간 제작사 중 하나지만, 해외 자본과의 교류는 별로 생각지 않고 있다. 워낙 땅덩어리가 넓은 데다 자본 조달에 전혀 어려움을 느끼지 않고 있기 때문이다. 11시에는 말레이시아 아스트로 그룹의 구매 담당 부사장 뗑리엔Tong Lien을 만나 역시 펀드 문제를 논의했다. 이 두 모임 모두에 국내의 투자사 책임자가 동행했다. 아스트로는 말레이시아 회사이지만 상당한 규모의 미디어그룹이며, 해외 진출에 남다른 노하우를 가지고 있다. 아스트로의 케이블과 위성 채널 등이 동남아시아는 물론 최근에는 오만, 아랍에미리트 등 중동지역에까지 발을 넓히고 있다. 그런 점에서 훌륭한 벤치마킹의 대상이다. 물론 우리 영화제가 직접적으로 그런 사업에 관여하지는 않겠지만, 장을 펼쳐주는 역할은 해야 할 것이다.

5월 17일(일)

조금 뜬금없는 이야기이지만, 카자흐스탄에는 국제영화제가 두 개 있다. 그중 규모가 조금 작은 영화제가 알마티국제영화제Almaty International Film Festival이다. 매년 5월에 열리는데, 올해는 칸영화제와 일정으로 맞장을 떴다. 5월 16일부터 20일까지 칸영화제 기간과 정확하게 겹치게 잡은 것이다. 우리 영화제에서는 중앙아시아 영화 신작을 찾기 위해 가야 하는 영화제인데, 난감하기 이를 데 없었다. 그래서 박성호 아시아영화 팀장으로 하여금 참가하게 했다. 아침에 알마티에 있는 박성호 팀장과 통화하니, 뜻밖의 소식을 전한다. 중앙아시아 최대 규모의 영화제인 유라시아국제영화제Eurasia International Film Festival(이하 '유라시아영화제', 9월 개최)가 재정난으로 올해 개최를 포기했다는 것이다. 이곳 칸에서도 경제 한파의 그늘을 체험하고 있는데 안타깝기 짝이 없다.

아침 8시 반. 경쟁부문 초청작 조니 토의 〈피의 복수Vengeance〉를 기자 시사회에서 보았다. 역시 조니 토이다. 그는 매 영화마다 새로운 스타일의 총격 신을 만들어내는데, 이번에도 몇몇 총격 신은 매우 인상적이다. 복수의 서사와 '메멘토'식 이야기를 다소간은 신파조로 풀어가면서도 가끔 유머를 잊지 않는다. 특히, 주인공 조니 할리데이Johnny Hallyday가 갱 두목을 붙잡고 총을 쏘기 전 던지는 마지막 대사는 압권이다. "이 재킷은 네 것이야." 이 대사의 의미는 올해 부산영화제에서 확인하시기 바란다. 오전에는 몇 개 회사를 더 돌며 스크리너를 받았다. 12시에는 인도영화 〈대통령이 온다The President Is Coming〉를 보았다. 저예산 영화로 재기발랄하기는 하지만 초청할 만한 작품은 아니다.

이어 2시에는 미낙시 쉐데Meenakshi Shedde를 만났다. 인도의 영화 담당 기자, 평론가 출신인 그녀는 최근 뭄바이국제영화제Mumbai International Film Festival(이하 '뭄바이영화제') 프로그래머가 되었다. 우리 영화제 마켓의 통신원으로도 활동 중인데, 뭄바이영화제를 후원하고 있는 릴라이언스 아닐 디루바이 암바니 그룹The Reliance Anil Dhirubhai Ambani Group의 자회사인 빅 픽쳐스Big Pictures를 소개해 준다. 그런데, 이 모회사가 장난이 아니다. 에너지, 텔레콤, 파이낸싱, 미디어 등을 사업 영역으로 두고 있는 세계 굴지의 재벌그룹이다. 엔터테인먼트 분야 자회사만 14개에 이른다. 빅 픽쳐스는 지난해부터 본격적으로 사업을 펼치고 있는 신생 회사지만 올해 라인업을 보면 입이 딱 벌어진다. 마니 라트남Mani Ratnam, 샤지 카룬Shaji Karun, 부다뎁 다스굽타Buddhadeb Dasgupta, 리투파르노 고쉬Rituparno Ghosh, 샴 베네갈Shyam Benegal, 아몰 팔레카Amol Palekar 등의 신작이 들어 있다. 우리나라로 치면 임권택, 박찬욱, 김기덕, 봉준호, 이창동 감독의 작품을 한자리에 모아놓은 것과 유사하다. 해서, 내일 한국영화의 밤 파티 초청장을 주면서 사장을 꼭 모셔오라고 신신당부를 했다. 그녀는 뭄바이영화제 프로그래머로서 한국영화 초청에 관한 협조를 부탁한다. 무조건 '오케이'라고 했다.

저녁 6시에는 칸 마켓 귀퉁이에서 소박하게 열린 '사케 나이트'에 참가했다. 일본의 메이저 회사들 부스가 몰려있는 곳에서 열리는 이 파티는 사케와 약간의 간식을 제공하는 미니파티이다. 하지만 많은 일본 회사의 관계자를 만날 수 있는 자리라 빠질 수 없다.

8시에는 태국영화 〈성소The Sanctuary〉를 보았지만, 그저 그렇다.

5월 18일(월)

오전에 바흐만 고바디Bahman Ghobadi와 연락이 닿아 미팅을 가졌다. 그는 얼마 전에 미국 신문기자인 애인이 스파이 혐의로 이란에 억류되어 그녀를 석방시키기 위해 백방으로 뛰어다닌 끝에 겨우 그녀를 구출해낼 수 있었다. 위로를 건네자, 그는 이제 더 이상 이란으로 돌아가지 않겠다고 한다. 모흐센 마흐말바프Mohsen Makhmalbaf도 그렇거니와 고바디 역시 정치적인 이유로 그리된 것이다. 나는 조심스럽게 쿠르드족 출신 감독들의 작품에 대한 나의 평소 계획을 털어놓았다. 사실 지금도 수많은 쿠르드족 출신의 감독이 세계 곳곳에서 활동하고 있다. 타계한 터키의 세계적인 거장 일마즈 귀니Yilmaz Guney 역시 쿠르드족 출신이다. 고바디는 흥분하면서 적극 돕겠다고 한다. 고바디와 갑자기 약속이 생기는 바람에 영화 볼 일을 취소했더니 점심시간이 여유로워졌다. 갑자기 그러니까 오히려 적응이 잘 안 된다. 오랜만에 점심을 느긋하게 먹는다.

2시에는 라야 마틴Raya Martin의 〈인디펜던시아Independencia〉를 보았다. 관객 반응은 거의 반반으로 엇갈린다. 이어 중국영화 〈여행길〉. 생부를 찾아 나선 청소년의 이야기인데, 많이 약하다. 이어 기대했던 애니메이션 〈체브라시카

Cheburashka〉를 보았다. 〈체브라시카〉는 러시아를 포함한 동구권에서 가장 사랑받는 캐릭터로, 판권이 복잡하게 얽혀 있어서 신작 애니메이션이 나올 수 있을지 걱정했는데 드디어 나온 것이다. 감독과 제작은 일본이 맡았고 제작 실무는 한국에서 했다고 한다. 평소 〈체브라시카〉가 국내에 전혀 소개되지 않아 안타까웠었는데, 이제 기회가 온 것이다. 국내 영화 관객들도 〈체브라시카〉를 사랑하게 될 것을 믿어 의심치 않는다. 이어 일본 영화 〈소년 메리켄사쿠Brass Knuckle Boys〉를 보았다. 다시 돌아온 중년의 펑크록밴드 이야기인데 흥미롭다. 국내의 다른 영화제에서 이미 초청했다고 하니, 국내 관객들에게 곧 소개가 될 것이다.

저녁 9시 반에는 한국영화의 밤 파티가 있었다. 일본이나 홍콩 파티에 비해 풍성해 보인다. 주요 게스트를 초청하는 데에 있어서는 영화진흥위원회가 조금 더 뛰어난 능력을 발휘하기 때문이다. 김동호 위원장님은 홍콩 여배우 서기를 만나서 초청에 관련된 이야기를 잘 마무리하셨다. 나는 드디어 빅 픽쳐스의 사장을 만났다. 일단 우리 영화제에 대해 매우 긍정적이다. 미낙시 쉐데가 소개를 잘해 둔 모양이다.

5월 19일(화)

아침 9시 15분. 유키사다 이사오의 〈그 남자가 아내에게A Good Husband〉를 보았다. 세일즈를 맡고 있는 도에이의 오쿠보 씨가 꼭 봐달라고 신신당부한 작품이다. 일본에서 유키사다 이사오 감독이 칸에 가면 나에게 꼭 보여줘서 부산에 가게 해 달라고 부탁을 한 것이다. 그도 그럴 것이 유키사다 이사오 감독은 부산영화제의 열혈 지지자 중 한 사람이다. 몇 년 전에는 작품이 없는데 영화제를 방문한 적도 있다. 〈그 남자가 아내에게〉는 전형적인 일본표 멜로인데, 후반부 반전이 있다. 이런 멜로는 역시 일본이 잘 만든다. 우리 관객들도 좋아할 것 같다.

점심은 EAVE European Audiovisual Entrepreneurs 관계자들과 함께했다. EAVE는 유럽의 오디오비주얼 프로듀서들의 교육, 네트워킹, 프로젝트 개발을 목적으로 1988년에 만들어진 범유럽권 기구로, 본부는 룩셈부르크에 있다. EAVE는 유럽과 타 대륙과의 합작이나 교류를 위한 프로그램도 운영 중인데, 아시아는 아직 파트너가 없어서 우리 영화제를 파트너로 하자는 제안을 해왔다. EAVE의 교육프로그램은 내용이 충실하기로 정평이 나 있다. 특히, 유럽의 거물급 프로듀서들이 강의를 하기도 하는데, EAVE in PIFF를 하게 되면 한국뿐만이 아니라 아시아 전체의 프로듀서들에게 큰 도움이 될 것 같다. 특히나, EAVE는 유로피안필름프로모션EFP의 미디어 프로그램에 EAVE in PIFF를 위한 예산을 곧 신청하겠다고 할 정도로 매우 적극적인 상태다. 이 기획이 성사되면 우리 마켓에 획기적인 전환점이 마련될 것 같다. 우리 마켓에 유럽의 주요 프로듀서나 바이어들이 대거 몰려 올 것으로 예상되기 때문이다. 우리 마켓이 홍콩, 도쿄 마켓과의 피를 말리는 치열한 경쟁에서 승기를 잡는 계기가 되기를 바란다.

3시 반에는 홍콩의 에드코사를 방문하여 신작에 관한 논의를 하고, 이라크영화 〈바람 속의 속삭임Whisper with the Wind〉(비평가주간 초청작)을 배급하는 유미디어Umedia(프랑스)와 말레이시아영화 〈가라오케Karaoke〉(감독주간 초청작)를 배급하는 엠-어필 사m-appeal(독일)를 찾아 DVD를 챙겼다. 저녁 8시에는 타이완 파티에 참가했다. 그런데 영 썰렁하다. 특히 한국 파티에 비해 그렇다. 이곳 타이완 파티에서 만나야 할 사람은 차이밍량Tsai Ming liang 감독과 리안Lee Ang 감독이다. 차이밍량은 일찌감치 모습을 드러냈기 때문에 김동호 위원장님과 함께 많은 이야기를 나눌 수 있었다. 그런데, 차이밍량의 경쟁부문 초청작 〈얼굴Face〉은 23일 상영이다. 22일 귀국이라 볼 수가 없다. 그래서 차이밍량에게 양해를 구하고 세일즈사인 포르티시모사에 DVD를 받아 보겠노라고 했다. 그런데 리안 감독은 10시가 지나도 안 온다.

9시에 한국기자들과의 저녁 약속이 있어 어쩔 수 없이 위원장님은 먼저 자리를 뜨셨다. 리안 감독은 10시 반이 되어서야 나타났다. 하지만 그에게 몰려드는 기자와 게스트들 때문에 인사조차 하기 힘들다. 11시경에 겨우 인사를 하고 몇 가지 부탁을 한 다음에 자리를 떴다. 기자들과의 저녁은 올드 칸 쪽이라 한참을 걸어가야 한다. 몸이 천근만근이지만 가야 한다.

짧은 시간이었지만, 기자들과 이런저런 이야기를 하면서 몇 가지 정보도 얻었다. 오늘 하루는 이렇게 마무리한다.

5월 20일(수)

아침 9시 반에는 일본영화 〈추리닝의 두 사람The Two in Tracksuits〉을 보았다. 부자간의 미묘한 심리를 그린 작품이다. 점심은 김동호 위원장님과 타이베이영상위원회Taipei Film Commission의 제니퍼 자오Jennifer Jao 위원장, 타이완 신문국(우리나라의 문화관광체육부) 영화부장과 함께했다. 영화부장은 지난해 〈하이자오 7번지〉의 엄청난 흥행 성공으로 자신감이 생긴 듯했다. 타이완영화 제2의 부흥기가 도래할지에 대해 많은 이야기를 나누었다. 이어 2시에는 브릴란테 멘도사Brillante Mendoza의 〈도살The Execution Of P〉을 보았다. 극사실주의 영화인데, 관객에게 가하는 고문이 상당하다. 공포영화 장르가 아님에도 불구하

브릴란테 멘도사 감독 〈도살〉

고 그 어떤 공포 영화보다도 무섭다. 왜냐하면, 단 10여 분간의 살인 장면이 너무나 사실적이기 때문이다. 필리핀 사회의 절망적인 그림자를 그린 일종의 사회파 영화이지만, 잔혹함이 주제를 압도해 버린다. 우리 영화제에 초청은 해야겠지만, "가급적이면 보지 마십시오"라고 해야 하는 것 아닌가 싶다. 이 영화를 보고 극장 밖을 나오니 햇빛이 유난히 부시다. 해서, 마치 10여 년간 어딘가에 갇혀 있다가 풀려나온 듯한 기분이다. 이 작품이 평점 최하점을 받은 것도 충분히 이해가 된다. 평론가 중에서도 이 작품이 주는 충격을 견딜 만한 이가 많지 않았을 것이다.

저녁 6시에는 타키타 요지로Yojiro Takita의 〈낚시광 산페이Sanpei The Fisher Boy〉를 보았다. 〈굿, 바이Departures〉로 아카데미 외국어영화상을 수상한 이후 갑자기 주목의 대상이 되어 버린 타키타 요지로의 신작인데, 평범한 가족영화이다. 밤 10시 반에는 펜엑 라타나루앙Pen-Ek Ratanaruang의 〈님프Nymph〉를 보았다. 제작사인 파이브 스타Five Star Production의 에이미Amy Iamphungphorn가 감독, 배우들과 함께 입장하자고 하여 얼떨결에 그들과 함께 레드카펫을 밟았다. 영화는 역시 훌륭하다. 펜엑은 무대인사 때 뛰어난 유머 감각으로 관객을 사로잡았다. "내 영화는 태국영화이고, 태국어가 나옵니다. 걱정하지는 마십시오. 자막이 있으니까요. 내 영화는 사랑 이야기를 그리고 있습니다. 남자와 여자, 그리고 나무입니다. 시간이 없기 때문에 영화를 보신 뒤 질문이 있으시면 제게 이메일을 보내시기 바랍니다. 이메일을 안 쓰시는 분은 팩스를 보내도 됩니다." 관객은 폭소와 함께 큰 박수를 보냈다. 태국의 다른 주목할 만한 감독들이 주로 개성 있는 스타일 때문에 주목을 받는다면 펜엑은 정통파 스타일이다. 그만큼 작품에 깊이가 있다. 상영이 끝난 뒤 내일 저녁을 같이하자고 약속하고 헤어졌다.

5월 21일(목)

이제 마켓 상영도 많이 줄었다. 볼 영화도 거의 없다. 해서, 8월에 열리는 부산국제어린이영화제에 추천해줄 만한 작품을 챙기기로 한다. 많은 참가자가 귀국하여 영화진흥위원회 부스도 썰렁하다. 하지만 3시 반에 정말 중요한 영화가 하나 남아 있다. 욘판 감독의 〈눈물의 왕자Prince Of Tears〉의 프라이빗 스크리닝이다. 세일즈 회사인 포르티시모에서 막 뽑은 프린트를 급히 공수해 와서 남아있는 일부 게스트들을 상대로 상영을 한 것이다. 상영관인 스타극장에 가니 나를 포함, 5명만이 앉아 있다.

〈눈물의 왕자〉는 이미 올 베니스국제영화제Venice International Film Festival(이하 '베니스영화제') 경쟁부문에 초청을 받았는데, 백색 테러가 난무하던 타이완의 50년대를 배경으로 누명을 쓰고 처형당한 아버지와 자식들을 위해 사랑까지도 접은 어머니, 그리고 두 딸의 이야기가 장엄하게 펼쳐진다. 이 영화는 실화를 배경으로 만들어졌는데, 둘째 딸은 뒷날 타이완의 대표적인 여배우가 되었다는 마지막 자막이 나온다. 이름은 밝히지 않고 있는데, 무슨 이유가 있겠지만 누구인지 알아봐야겠다는 생각이 든다. 영화 속 여주인공들이 정말 매력적이지만 실제 주인공이 더 보고 싶다. 감독에게 물어봐야겠다.

저녁은 조금 거창하게 했다. 〈님프〉의 감독, 배우를 포함한 제작팀, 파이브 스타의 에이미 등과 타이 레스토랑에서 편안한 마음으로 식사를 했다. 펜엑은 2년 전 AFA에서 학생들을 가르쳤던 기억을 이야기하면서 꼭 다시 한 번 해보고 싶다고 했다. 같이 자리하신 김동호 위원장님은 쿠엔틴 타란티노Quentin Tarantino와의 저녁 식사 약속 때문에 일찍 자리를 뜨셨다. 일찍 끝나면 그리로 오라고 하셨지만, 결국 못 갔다. 밤에 숙소에 돌아가니 위원장님은 1시가 넘어서 돌아오셨다. 위원장님께서 전한 말씀에 따르면, 타란티노가 해박한 영화 지식을 자랑하며 쉼 없이 이야기를 해 조금처럼 자리를 뜰 수 없었다고.

중국 출장 06.08~06.12 [출장기] 중국 독립영화는 분화 중

지난 2009년 6월 8일부터 12일까지 베이징 출장을 다녀왔다. 초청작 선정과 주요 인사들 미팅을 위한 출장이었다. 화이브라더스를 비롯한 대형 민간 제작사와 독립영화 감독에 이르기까지 각 계층의 중국 영화계 인사를 만나면서 중국영화계 흐름을 점검했다. 올해 중국영화계의 화두는 '신중국 건립 60주년'이다. 중국정부는 건국 60주년을 기념하는 다양한 행사를 준비하는 한편, 인터넷 통제 강화와 애국주의 캠페인을 대대적으로 펼치고, 대규모 주선율 영화 제작에도 힘을 쏟고 있다. 그래서 일반 영화들이 제작 허가를 받기가 쉽지 않다. 지난해에는 올림픽 때문에 제한이 가해졌었는데, 올해는 건국 60주년 때문에 제작이 여의치 않은 것이다.

여러 가지 제약에도 불구하고 중국의 영화산업은 꾸준한 성장세를 보이고 있다. 2008년의 경우 406편의 영화가 제작되었고, 흥행 수입은 43억 위안으로 이는 전년에 비해 30%가 늘어난 수치이다. 중국영화 수입만 보면 25.6억 위안으로 이는 전체 수입의 61%에 달하는 수치이다. 수출은 61개 국가에 45편, 해외 총수입은 25.28억 위안으로 전년 대비 5억 위안이 증가했고 25%의 성장을 기록했다. 전 세계 영화시장을 놓고 보았을 때, 중국은 영화산업 성장률 1위를 기록하고 있다. 하지만 인구수에 비해 스크린 수는 여전히 부족한 편이다. 2009년의 경우 전체 스크린 수는 4,097개인데(미국은 20,000여 개), 이는 2007년에 비해 16%가 늘어난 수치이다. 최근 들어 영화관 건립은 점차 늘어나고 있는 추세로, 36개 극장 체인을 가지고 있는 완다 시네마Wanda Cinema Line Corporation의 경우 2008년에만 118개의 스크린을 늘렸다. 외화는 할리우드영화가 압도적인 위치를 점하고 있는데, 지난 6월 9일 개봉한 〈터미네이터: 미래전쟁의 시작Terminator Salvation〉의 경우 중국 전역 1,200개 스크린에서 동시 개봉되었다.

지난 몇 년간 중국영화는 대작, 주선율 영화, 독립영화로 삼분되는 경향을 보여 왔다. 문제는 중간급 영화가 부재하다는 것인데, 2006년 닝하오의 〈크레이지 스톤Crazy Stone〉이 대히트를 기록하면서(제작비 400만 위안에 수입은 2,300만 위안), 중저예산 영화 제작 붐이 일었다(주로 블랙코미디). 공잉티안Yingtian Gong의 〈채표야풍광Crazy Lottery〉, 장지안야Jianya Zhang의 〈사랑의 콜Call for Love〉, 아간Agan의 〈빅 무비Big Movie〉, 마리웬Ma Li Wen의 〈나는 유약진이다Lost And Found〉 등이 그러한 작품이다. 중국정부에서도 중간급 규모 영화 제작 지원을 늘리고 있는데, 중국의 광파전영전시총국은 45세 이하의 청년감독을 지원하는 정책을 내놓았는가 하면, 베이징, 시안 등 지역 정부에서도 유사한 정책을 내놓고 있다. 최근에는 중국 내 5개 거대 영화관 체인들이 연합체를 결성하고 중간급 규모의 자국영화 상영을 지원하겠다는 계획을 발표하기도 했다.

중국이 비록 속도가 느리기는 하지만, 자국 영화시장을 개방하고 있는 것만은 틀림없다. 합작도 점차 늘어나고 있는 추세인데, 가장 손쉬운 파트너는 역시 홍콩이다. 베이징에 머무는 5일 동안 만난 홍콩영화인만 해도 프룻 첸 감독, 스탠리 콴Stanly Kwan 감독, 오렌지 스카이Orange Sky Entertainment의 다니엘 유Daniel Yu, 골든 네트워크 아시아Golden Network Asia Limited의 캐리 웡Carrie Wong 등 상당히 많은 숫자였다. 중국의 여러 회사들이 홍콩의 주요 감독, 제작자들과 손을 잡고 합작을 하거나 회사 운영 자체를 맡기는 경우가 늘어나고 있는 것이다. 천자상Gordon Chan, 첸커신Kexin Chen, 쉬커 등이 그 대표적 예이다.

부산영화제는 예술영화, 작가영화, 독립영화에 초점을 맞추면서도 각 국가의 전체 개관이나 새로운 흐름을 관객들에게 소개하는 데 각고의 노력을 경주해 왔다. 상기의 중국영화계 현황은 10월에 있을 제14회 부산영화제에도 반영될 것이다. 문제는 독립영화이다. 올해 중국영화계 화두가 건국 60주년이라고 서두에 밝혔지만, 독립영화의 흐름은 또 다른 주목의 대상이다. 2008, 2009년 중국의 독립영화는 미미한 변화를 보여주고 있지만, 그 변화는 매우 의미심장한 의미를 담고 있다. 결론적으로 말하자면, 소위 6세대라 불렸던 독립영화 감독들과 새로 등장하는 독립영화 감독들과 또 다른 괴리가 생겨나고 있는 것이다. 지아장커, 왕샤오슈아이Xiaoshuai Wang, 장위엔Yuan Zhang 등과 같은 선배 세대들은 지하에서 지상으로 올라와 과거에 비해 다양한 영화를 만들고 있다. 이번에 만난 왕차오Chao Wang 감독이 현재 제작 중인 〈중래Memory of Love〉는 중산층의 사랑이야기를 그리고 있는 작품이다. 왕차오는 이렇게 이야기한다. "과거 나의 세대들은 중국의 소외된 계층에 대한 이야기를 주로 그려왔다. 하지만, 나를 포함한 그들은 이미 삶 자체가 바뀌었다. 이제는 내가 잘 아는 주변의 이야기를 해야 하지 않겠는가?" 그렇다면 소위 초기 6세대 감독들이 지녔던 문제의식을 지

| 닝하오 감독의 <크레이지 레이서>

금의 젊은 감독들은 지니고 있는가? 결론은 "별로 그렇지 않다"이다. 그들이 소위 작가 영화를 만드는 것은 주류로 가기 위한 방편이 되기도 한다. 〈크레이지 스톤〉과 〈은메달리스트〉로 이제는 흥행 감독으로 우뚝 선 닝하오의 초기작은 〈몽골리언 핑퐁Mongolian Ping Pong〉, 〈향Incense〉 같은 소위 작가영화였다. 많은 젊은 감독들이 이러한 작가영화를 만들어서 해외영화제에 진출한 뒤 국내 유수의 제작사로부터 주목을 받아 주류 영화계로 진출하려는 것이다. 그들은 더 이상 정부와 싸워 가면서 지하영화를 만들려고 하지 않는다. 그들은 오히려 생계를 유지할 방법을 적극적으로 모색하고 있다. 그래서 최근 몇 년 사이에 많은 젊은 영화인들이 TV영화 연출에 눈을 돌리고 있다. 중국의 국영방송사인 CC-TV의 채널 6은 영화 전문 채널로, 연간 100편 내외의 국산 TV영화를 방영하고 있으며, 편당 50만~100만 위안의 제작비로 제작된다. 제작은 주로 외주 제작방식을 띠며, 젊은 영화인들이 시나리오를 CC-TV에 제출하고 방송을 해주겠다는 의향서를 받아내면 그 의향서를 가지고 투자자를 구하는 방식이다. 최근의 이러한 현실 때문에 독립영화는 극영화의 편수가 대폭 줄었다. 반면에, 독립 다큐멘터리는 오히려 편수가 늘었다. 중국의 독립영화계도 점차 분화되고 있는 것이다. 이런 현상을 어떻게 볼 것인가 하는 것은 아직 판단하기가 이르다. 당분간 중국의 독립영화는 '다양화'와 '진지한 작가영화 정신의 변화' 사이에서 혼란스러울 것이다.

6월 29일(월) / 6월 30일(화)

타이베이영화제Taipei Film Festival는 타이완에서 가장 권위가 있고 오랜 역사를 자랑하는 금마장영화제Taipei Golden Horse Film Festival의 대안적 영화제로 11년 전에 출범한 영화제이다. 조직위원장은 출범 당시부터 허우샤오시엔 감독이 맡고 있고, 집행위원장은 제인 유Jane Yu가 맡고 있다. 제인 유는 우리 영화제의 AND 지원작 선정위원을 맡고 있어 각별한 사이이기도 하다. 그런데 타이베이에 도착을 하니 허우샤오시엔 감독이 금마장영화제의 조직위원장도 맡게 되었다는 소식을 접했다. 한국에서는 이해하기 힘든 일이기는 하지만, 타이완에서 허우샤오시엔 감독의 위상을 고려하면 이해 못 할 일도 아니다. 게다가 집행위원장과 프로그래머도 모두 우리 영화제와 각별한 사이를 유지하고 있는 이들로 구성되었다(웬티엔샹Wen Tien-Hsiang과 크리스타 첸Christa Chen).

타이베이의 구도심인 시먼딩 근처의 호텔에 짐을 푼 뒤, 중산당에서 열린 일본영화의 밤 파티에 참석했다. 일본과 타이완 영화인들을 만나기 위해서였는데 장소도 좁은 데다 영화인들이 별로 없다. 우리 마켓 통신원 일을 하고 있는 장산링, 일본에서 배급사를 운영하고 있는 교코 단Kyoko Dan과 이런저런 이야기를 나누면서 첫날을 보낸다.

화요일 오전 11시에 다큐멘터리 〈황양천Yellow Sheep River〉(리우 숭Liu Soung 연출)을 보았다. 중국 북서부 고원의 황양천 주변에서 살아가는 주민들의 삶을 그린 작품인데, 감독이 TV 연출가 출신이라 TV 다큐멘터리 스타일이 두드러진다. 점심은 상영관인 신광극장 바로 앞에 있는 '치파이'(타이완식 닭튀김)로 때우고, 타이완 단편 모음집을 보았다. 지난해, 〈하이자오 7번지〉의 대성공 이후 타이완영화계에 돈이 넘쳐나는 것은 사실이지만, 그 효과는 올 하반기나 내년쯤에 본격화될 것 같다. 올 상반기에는 장편 극영화가 별로 없는 대신, 단편이나 다큐멘터리가 눈에 많이 띈다. 타이베이영화제에는 경쟁부문 중에 타이완영화를 대상으로 하는 '타이베이 상'이 있는데, 장편 극영화뿐만 아니라 단편과 다큐멘터리에도 시상을 한다. 그래서 꽤 수준 높은 작품을 발견할 수 있는데, 올해는 조금 아쉽다. 오후 4시에는 옴니버스영화 〈타이베이 24시Taipei 24H〉를 보았다. 타이베이시를 배경으로 8명의 감독이 연출을 맡은 옴니버스영화로, 특히 리캉셩Kang-sheng Lee의 단편 〈회상Remembrance〉이 눈에 들어온다. 약 10여 분의 이 짧은 단편에서 너무나 많은 이야기를 하고 있다. 내용은 이러하다. 늦은 밤, 어느 커피숍에서 한 남자가 홀로 앉아 커피를 마시고 있다. 커피숍 안에서는 피아노 음악이 흘러나오며, 음악과 커피에 취한 남자는 눈물을 흘린다. 그리고 커피숍 주인과 함께 타이완의 저명한 무용가인 루오만페이Man-fei Luo를 기억하며 춤을 춘다. 커피와 음악, 춤, 그리고

영화 〈타이베이 24시〉

사람 간의 정서적 교감을 이야기하는 이 단편의 주인공은 다름 아닌 차이밍량 감독이다. 그리고 커피숍 주인은 차이밍량 감독 영화에 늘 출연하는 여배우 루이칭Yi-Ching Lu이다. 지난 2006년 51세를 일기로 타계한 루오만페이는 독특한 자신만의 무용세계로 전 세계에 널리 알려진 무용수이며, 타이완 예술계의 아이콘과도 같은 인물이었다.

차이밍량의 연기는 이번이 처음은 아니다. 과거 감독으로 데뷔하기 전 TV 드라마 대본을 쓰면서 잠깐 배우로 출연한 적이 있다. 그리고 오랜 시간이 지나서 자신의 분신과도 같은 배우 리캉셩의 단편에서 연기를 한 것이다. 커피숍이라는 공간 역시 차이밍량 감독에게는 남다른데, 배우 루이칭을 만난 것도 커피숍이었다. 자신이 단골로 다니던 커피숍 주인이 바로 루이칭이었고, 그녀를 배우의 길로 이끈 것이다. 그 뒤 루이칭은 커피숍을 팔고 배우로만 활동을 하고 있다. 그리고 세월이 지나 세 사람은 의기투합하여 지난해 말에 커피판매점을 새로 오픈했다. 영화 상영 전 세 사람이 관객들에게 커피를 나누어 주기도 했다. 그래서 리캉셩의 〈회상〉은 각별하다. 마지막 시간에는 타이완 애니메이션 모음집을 보고 하루를 마무리한다.

7월 1일(수) / 7월 2일(목)

아침에 도심에서 꽤 떨어진 차이밍량 감독의 커피판매점을 찾았다. 차이밍량은 루브르 박물관Louvre Museum에서 곧 있

가빈 린 감독의 <골목길 고양이>

을 회고전 때문에 금요일에 파리로 떠난다고 한다. 그와는 앞으로의 진로와 관련하여 많은 이야기를 나누었다. 차이밍량 감독과 점심을 한 뒤 타이베이하우스로 건너가 허우샤오시엔 감독을 만났다. 그에게 주는 선물은 늘 그렇듯이 짜장면 춘장이다. 몇 년 전, 우리 영화제에서 짜장면을 먹어 본 뒤, 그 맛에 반해서 나에게 춘장을 사 달라고 한 적이 있다. 그 뒤로 매년 타이베이로 출장을 갈 때는 꼭 춘장을 가져간다. 허우샤오시엔 감독에 따르면 사모님이 여러 가지 재료를 넣어서 허우샤오시엔 가정식 짜장면을 만들어서 드신다고 한다. 다음에는 감독님 집에 가서 시식을 한번 해야겠다.

허우샤오시엔 감독에 관한 나의 주 관심사는 현재 추진 중인 무협극 〈자객 섭은낭The Assassin〉의 준비 과정이다. 이미 정부에서 보조금을 받았고, 일본 메이저사로부터도 투자를 받기로 했다고 한다. 문제는 시나리오. 허우샤오시엔 감독은 아직도 시나리오를 완성하지 못했다는 것이다. 내년에는 볼 수 있을지 모르겠다. 타이베이영화제에서는 내일과 금요일에 양익준 감독의 〈똥파리〉 상영이 있어서 한번 봐주십사 하고 부탁을 드렸더니, 그러겠노라고 하신다.

저녁에는 중산당에서 〈똥파리〉의 상영이 있어서 응원차 극장을 찾았다. 〈똥파리〉에 대한 관객의 분위기는 매우 좋다. 상영 뒤 관객과의 대화, 사인회도 인기 만점이었다. 행사를 끝낸 뒤, 양익준 감독과 함께 타이완에서 가장 유명한 식당 중의 하나인 딘타이펑으로 가서 함께 식사를 했다. 양익준 감독은 〈똥파리〉가 일본과 프랑스에서 개봉하게 되었다는 소식을 전한다. 더구나 프랑스에서 〈똥파리〉의 판권을 구매한 회사는 브루노 뒤몽Bruno Dumont 감독의 회사란다. 이래저래 기분 좋은 밤이다.

목요일 아침 11시. 중산당 근처에 있는 아톰시네마Atom Cinema Co., Ltd.를 찾았다. 타이완에는 소위 메이저 회사가 부재하기 때문에 어떤 감독이나 제작자가 만든 영화인가가 매우 중요하다. 현재 타이완에서 가장 활발하게 활동하고 있는 제작자로는 아일린 리Aileen Li, 예루펑, 지미 후앙Jimmy Huang 세 사람을 꼽을 수 있는데, 그중 아톰시네마가 아일린 리의 회사이다. 그녀는 현재 두 편의 영화를 제작 중인데, 가빈 린Gavin Lin의 〈골목길 고양이In Case of Love〉와 아빈 첸Arvin Chen의 〈타이베이의 1페이지Au Rovoir, Taipei〉가 그것이다. 이 두 편 모두 우리 영화제와 인연이 있는 작품인데, 〈골목길 고양이〉는 2006년도 아시아영화아카데미AFA 졸업생인 가빈 린의 장편 데뷔작이며, 〈타이베이의 1페이지〉는 2007년 PPP 프로젝트이다. 이 두 작품의 클립을 잠깐 보았는데, 꽤 괜찮다. 아일린은 이 두 작품 모두를 우리 영화제에서 상영하고 싶어 하는데, 문제는 기간을 맞출 수 있겠는가 하는 것이다. 2시에는 또 다른 주요 여성 제작자 예루펑이 제작하는 조리Li Cho의 데뷔작 촬영현장을 들렀다. 현재 타이완에서 인기 1, 2위를 다투는 장쥔닝Chun Ning Chang이 주연을 맡은 스릴러영화인데, 가만히 서 있어도 땀이 줄줄 흐르는 아파트 옥상에서 열심히 촬영 중이다. 스케줄을 물어보니 역시 올해 우리 영화제에는 맞추기 힘들겠다.

5시에 호텔로 돌아와 크리스타 첸과 여성감독 조신웨이 Together를 만났다. 조신웨이는 단편영화 시절 주목을 받았던 감독인데 결혼 후 캐나다로 건너가 살다가 최근 다시 귀국, 크리스타와 손을 잡고 장편 데뷔작을 준비 중이다. 이번에 데뷔작 프로젝트를 PPP에 냈다고 하는데, 눈여겨봐야 할 것 같다.

저녁은 타이베이영상위원회 위원장 제니퍼 자오와 여배우 양궤이메Kuei-Mei Yang와 함께 하기로 했는데, 양익준 감독을 함께 초청했다. 우리 아들 녀석을 한국의 꼬마 애인이라며 귀여워해주는 양궤이메는 우리나라로 치면 안성기 씨만큼이나 넉넉한 인품을 지닌 배우이다. 양익준 감독 역시 그녀를 처음 만나지만, 참 존경할 만한 배우라며 감탄한다. 양궤이메는 최근에는 TV 드라마를 주로 찍었는데, 가을쯤에는 영화 한 편을 찍게 될 것 같다고 한다. 타이베이영상위원회는 부산영상위원회를 모델로 지난해에 만들어졌는데, 최근 활동이 두드러진다. 위원장 제니퍼 자오는 우리 영화제 단골손님이기도 하다.

7월3일(금)/ 7월 4일(토)

1시에 홍루극장 '국제청년감독' 경쟁부문 시상식이 있다. 양익준 감독의 〈똥파리〉는 스페셜 멘션에 선정되었다. 아마도 이전 영화제에서 수상을 많이 한 것이 본상 수상의 걸림돌이 된 것 같다. 그래도, 수상한 것이나 마찬가지이니까 양익준 감독을 축하해 주었다. 조직위원장 자격으로 참석한 허우샤오시엔 감독에게 양익준 감독을 소개하니, 마침 오늘 시간이 되어서 5시에 상영되는 〈똥파리〉를 보겠노라고 하신다.

이윽고, 5시. 약속대로 허우샤오시엔 감독은 〈똥파리〉를 보러 오셨다. 상영이 끝난 뒤 관객과의 대화 시간 중간에 허우샤오시엔 감독이 나가시기에, 뒤따라 나갔더니 원래는 저녁에 멕시코영화의 밤 공식 파티에 가셔야 하는데 취소하고 양익준 감독과 나랑 저녁이나 먹으러 가자고 하신다. 마침 일본에서 이곳으로 출장 왔다가 나를 만나러 온 일본 요시모토 홍업의 새 사장 양홍일 씨도 합류했다. 허우샤오시엔 감독은 본인의 단골식당인 해산물 식당으로 우리를 안내했는데, 맛이 훌륭하다. 허우샤오시엔 감독은 58도짜리 고량주를 시켜서 양익준 감독과 부어라 마셔라 한다. 영화를 본 소감과 격려도 아끼지 않았다. 술이 조금 들어가자 두 양반이 완전히 삼촌과 조카마냥 친해졌다. 양익준 감독의 사교성이 탁월한 탓도 있겠지만, 재능 있는 젊은 감독들과 허물없이 친해지는 허우샤오시엔 감독의 인품 때문이기도 하다. 양익준 감독은 허우샤오시엔 감독에게 계속 '따꺼'라고 부르고 허우샤오시엔 감독은 영화 속의 대사(〈똥파리〉를 본 외국인은 누구나 다 따라 한다는 바로 그 속어) "XX놈아"를 외치면서 즐거워하신다. 허우샤오시엔 감독은 올해 작품

왼쪽부터 양홍일 요시모토 사장, 본인, 허우샤오시엔 감독,
박성호 부산국제영화제 아시아영화 팀장, 양익준 감독

은 없지만 타이베이영화제와 금마장영화제 조직위원장 자격으로 우리 영화제에 방문하기로 되어 있는데, 김동호 위원장님에게 “XX놈아”라고 해도 되냐고 물으시기에 기겁을 하고 안 된다고 했더니, 모두들 웃고 난리다. 정말 허우샤오시엔 감독은 존경하지 않을 수 없는 감독이다.

토요일. 아침 10시 50분에 두 편의 단편을 보았다. 차이밍량 감독이 말레이시아에서 찍은 〈나비부인Madame Butterfly〉과 프랑수아 뤼넬Francois Lunel이 만든 〈얼굴〉의 메이킹 다큐멘터리 〈거울 속의 꽃, 물속의 달Fleurs dans le miroir, lune dans l'eau〉을 보았다. 특히, 〈거울 속의 꽃, 물속의 달〉이 흥미롭다. 올해 칸영화제 경쟁부문 진출작인 차이밍량의 〈얼굴〉은 사실 사전 지식이 많이 필요한 작품이다. 우리 영화제에서 〈얼굴〉을 상영할 예정인데, 〈거울 속의 꽃, 물속의 달〉을 보면 〈얼굴〉을 이해하는 데 큰 도움이 될 것 같다. 문제는 50분이라는 상영 시간이다. 〈얼굴〉과 〈거울 속의 꽃, 물속의 달〉을 묶어서 상영할까 하는 생각도 든다. 오후에는 타이베이영화제와 타이베이영상위원회가 공동으로 주최하는 타이완영화 신작 프레젠테이션 쇼에 참가했다. 현재 외국과 공동제작중인 타이완영화를 소개하는 자리인데 〈타이페이의 1페이지〉가 제일 눈에 띈다. 프레젠테이션이 끝난 뒤, 제니퍼 자오 타이베이영상위원회 위원장과 신문국의 영화부장과 함께 이야기를 나누었다. 부장과는 칸영화제에서도 만난 적이 있는데, 올해 우리 영화제에서의 타이완영화의 밤 파티에 대해 논의를 했다. 일단 지난해보다는 규모를 키워서 열기로 합의했고, 영화제 차원에서 도와줄 일들을 상의했다.

저녁에는 다시 시먼딩으로 돌아와 타이완의 장편 애니메이션 장융궤이 감독의 〈귀환〉을 보았다. 타이완에서 장편 애니메이션은 몇 년에 한 편씩 나올 정도로 드문데, 새로운 시도를 하고 있는 것으로 보인다. 타이베이영화제는 영화제 기간 동안 초청작 감독들을 비롯한 타이완의 영화인들과 해외 영화제 관계자들과의 만남을 위한 파티를 개최하곤 했는데, 올해는 그런 파티가 없어서 제인 유 집행위원장에게 부탁했더니 급하게 자리를 마련해주었다. 밤 10시에 타이베이영화제 초청작 감독들을 불러 모은 것이다. 신광극장 로비에 약 10여 명이 모였는데, 그들과 인사도 나누고 DVD도 건네받았다. 이제 조금 안심이 된다. 이 정도면 올해 타이완영화 중 최고의 작품들을 섭외하는 데는 문제가 없을 것 같다. 올해 타이베이영화제 출장은 이렇게 마무리를 한다.

시네말라야 영화제
07.17~07.25

[출장기] 몇몇 유명 감독만이 있는 것이 아니다

올해로 5회째를 맞는 시네말라야 필리핀독립영화제 Cinemalaya Philippine Independent Film Festival(이하 '시네말라야영화제')는 최근 세계적으로 주목받고 있는 필리핀 독립영화의 새로운 산

시네말라야영화제가 열리는 필리핀문화센터.

실이다. 필리핀 독립영화의 부상은 주류 영화산업이 침체를 벗어나지 못하고 있는 상황과 대비가 된다. 필리핀 독립영화 부흥의 중심에는 시네말라야영화제 외에 '시네마 원Cinema One'과 '시네 디렉Sine Direk'이 있다. 시네말라야영화제는 연초에 정부 산하의 시네말라야 재단Cinemalaya Foundation Inc.에서 신인 감독들의 시나리오 신청을 받아서 그중 10편을 선정, 각 50만 페소의 제작비를 지원하고, 10편 모두를 7월에 열리는 시네말라야영화제 경쟁부문에 초청한다.

시네마 원은 2001년에 방송사 ABS-CBNAlto Broadcasting System-Chronicle Broadcasting Network Corporation이 새로 오픈한 타갈로그어 영화 전문 채널이다. 시네마 원은 2005년부터 독립영화 제작 지원을 시작했다. 매년 5~7편 내외의 독립영화 제작을 지원하고, 이들 작품을 모아 11월 말과 12월 초에 걸쳐 시네마 원

영화제Cinema One Originals Film Festival를 개최한다. 시네마 원 영화제를 통해 배출된 감독으로는 아돌포 알릭스 주니어Adolfo Alix Jr.(지난해 부산영화제에서 그의 〈아델라Adela〉 소개, 올해는 라야 마틴과 공동 연출한 〈마닐라Manila〉가 칸영화제 특별상영 부문에 초청), 제럴드 타로그Jerrold Tarog(지난해 부산영화제에서 그의 〈고해Confessional〉 소개) 등이 있다. 시네 디렉은 필리핀 감독협회Philippine Motion Picture Directors Association와 APT 엔터테인먼트APT Entertainment, Inc.가 공동으로 진행하는 영화제로, 독특한 성격의 영화제이다. 6편의 영화 제작을 지원하고 그 작품들로 영화제를 개최하는 방식인데, 주류 영화계의 기성 감독들로 하여금 작가영화를 만들게 하는 것이다. 올해 6월에 첫 영화제를 개최한 바 있다.

시네말라야영화제는 자체적으로 제작을 지원한 경쟁부문 외에 시네마 원이나 시네 디렉 영화를 모두 소개한다. 또한 각 대학과 영화단체, 지역별 단편영화도 소개한다. 올해는 특히 우리 부산영화제 AFA 단편을 소개한다. 이런 이유 때문에 시네말라야영화제는 한 해의 필리핀 독립영화를 정리하는 최적의 장소이다. 그렇다고 해도 국내 영화제이기 때문에 예년까지는 경쟁 부문 작품 상영도 필리핀문화센터Cultural Centre of Philippines(이하 CCP)의 조그마한 홀에서 했었다. 그런데, 올해는 CCP의 대극장을 메인 극장으로 쓰는 등 영화제 환경을 개선하고 있다.

개막일 다음 날인 7월 18일, 모두 3편의 경쟁부문 영화를 관람했다. 마일로 소구에코Milo Sogueco의 〈전당포Pawnshop〉와 빅 아체딜로 주니어Vic Acedillo, Jr.의 〈양육The Nursery〉, 제럴드 타로그의 〈피의 흔적The Blood Trail〉이 그것이었다. 〈양육〉은 어려운 가정환경과 형과 누나의 병 때문에 세상살이가 힘들기만 한 소년의 성장기를 그린 작품으로, 일단 합격점을 주고 싶다. 그런데 지나친 기교 때문에 영화 전체의 감흥이 감쇄하는 아쉬움이 남는다. 〈피의 흔적〉은 〈고해〉에 이은 '기록' 삼부작 중의 두 번째 작품이다. 지난해 우리 영화제에서 소개했던 수작 〈고해〉가 다큐멘터리를 만드는 젊은 영화인의 이야기를 그렸었는데, 이번에는 사진작가 이야기를 그리고 있다. 유명 사진작가인 아버지와 어머니 사이에서 평생을 가슴속에 품고 지내야 했던 아픔을 치유하는 여성의 이야기이다. 영화 상영 중간에 크리스 마르티네즈Chris Martinez(지난해 〈100〉으로 부산영화제 관객상 수상), 롬멜 톨렌티노Rommel Tolentino(지난해 〈꼬마 안동Andong〉으로 선재상 수상), 아우라에우스 솔리토Auraeus Solito 감독 등을 만나 많은 이야기를 나누었다.

19일에는 4편의 영화를 관람했다. 마이크 산데야스Mike Sandejas의 〈이프 아이 뉴 왓 유 세이드If I Knew What You Said〉, 베로니카 벨라스코/진키 로렐Veronica Velasco and Jinky Laurel의 〈최후의 만찬 넘버 3Last Supper No. 3〉, 페페 디옥노Pepe Diokno의 〈크래쉬Clash〉, 페꾸에 갈라가Peque Gallaga의 〈아가톤과 민디Agaton & Mindy〉. 〈이프 아이 뉴 왓 유 세이드〉는 2006년에 〈락스타 젯〉Just Like Before으로 우리 영화제 뉴 커런츠 부문 초청을 받았던 마이크 산데야스의 두 번째 작품이다. 전편에 이어 이번에도 음악을 소재로 한 영화이다. 음악을 사랑하는 소녀와 청각장애 청년과의 사랑을 담은 작품으로, 꽤 감동적이다. 남자배우는 실제 청각장애인인데 연기가 훌륭하다. 〈크래쉬〉는 브릴란테 멘도사의 2007년 작 〈새총Slingshot〉의 짝퉁과 같은 작품이다. 〈최후의 만찬 넘버 3〉은 광고 촬영 때문에 이웃에게 빌렸던 '최후의 만찬' 액자를 잃어버리고 소송까지 가면서 무려 2년여에 걸친 기나긴 시간을 허비해야 했던 한 젊은이의 이야기를 그린 작품으로, 블랙코미디이다. 관객들이 자지러진다. 〈아가톤과 민디〉는 시네 디렉에서 제작한 작품인데, 매우 실망스럽다. 점심은 네스터 하딘Nestor Obciana Jardin 시네말라야영화제 집행위원장과 함께 하면서, 올해 우리 영화제에서 진행할 필리핀 정부 차원의 행사에 대해 심도 있는 이야기를 나누었다. 올해 시네말라야영화제는 경쟁부문 작품 외에 비경쟁 부문을 따로 만들었는데, 아시아영화진흥기구The Network for the Promotion of Asian Cinema(이하 '넷팩')에서 넷팩상을 수여한다. 심사위원으로 참여한 아루나 바수데브Aruna Vasudev 넷팩 위원장은 나를 만나 이런저런 제안을 많이 한다. 아루나는 늘 우리 영화제가 뭔가를 해주기를 바란다. 내년이 넷팩 창설 20주년이라 신경을 조금 써야 할 것 같다.

20일은 영화 상영이 없는 날이다. 영화제가 열리는 필리핀문화센터가 월요일에는 쉬기 때문이다. 그래도 영화제가 열리는 중간인데, 쉬는 건 조금 그렇지 않느냐는 의문을 제기할 수도 있다. 문화센터 측은 디지털 영사기도 조금 쉬어야 영사 사고가 안 난다고 한다. 대신 오늘은 해외 게스트들을 초청하여 마닐라 베이에서 선상 점심을 대접한단다. 많은 필리핀의 젊은 감독들이 참가하는 식사 자리라 마다할 이유가 없다. 경쟁부문 초청을 받은 대부분의 감독들을 만나 이런저런 이야기도 나누고, 스크리너도 받았다.

점심 이후 레이몬드 레드Raymond Red 감독을 만났다. 오늘날 필리핀 독립영화의 계보에 있어서 가장 중요한 인물이다. 80년대 필리핀의 독립영화는 8mm 영화로 새로운 흐름을 만들었다. 키드랏 타히믹Kidlat Tahimik, 닉 데오캄포Nick De Ocampo와 더불어 가장 중요한 독립영화 감독으로 꼽히는 그는 오랫동안 불운을 겪었다. 1982년에 만든 단편 〈영원An Eternity〉과 장편 〈영웅The Hero〉, 〈사카이Sakay〉 등이 독립영화사에 길이 남는 걸작이지만, 〈사카이〉가 제작자와 배우와의 불화로 제대로 개봉되지 못한 뒤 그는 오랫동안 슬럼프에 빠졌다. TV 영화와 CF 연출로 생계는 유지했지만, 그의 재능은 꽃피우지 못했다. 우리 영화제에서는 지난 2001년에 그의 프로젝트 〈마카필리〉를 PPP에 초청하기도 했으나 안타깝게도 완성되지 못했었다. 그런 그가 최근에 신작을 만들고 있다는 소식을 들었었는데, 오늘 드디어 스크리너를 들고 나타난 것이다. 향후 일정에 대해 그와 많은 이야기를 나눈 다음, 호텔로 돌아와서 스크리너를 보았다. 〈마닐라의 하늘Skies〉라는 제목의 이 작품은 과거 혁신적인 실험적 스타일에서는 벗어나 있지만, 필리핀 사회를 바라보는 그의 시각이 보다 원숙해졌음을 느낄 수 있었다. 출구가 없는 빈민의 삶을 이어가는 중년의 주인공이 막다른 골목에서 은행을 털기로 하지만 실패로 끝나고 결국 비행기 공중 납치를 감행한다. 그의 탈출 방식은 사제 낙하산을 타고 비행기에서 뛰어내리는 것이다. 2000년에 필리핀에서 실제로 벌어졌던 사건을 바탕으로 만든 작품으로, 올해 필리핀영화 중에 베스트로 꼽을 만한 작품이다. 중간에 라브 디아즈Lav Diaz 감독이 잠깐 출연하여 이채롭다.

21일. 12시 45분 상영작부터 관람을 시작했다. 아나 아가빈Ana Agabin의 〈24k〉는 태평양전쟁 시절 일본군이 남긴 보물을 찾아 나선 사람들의 이야기를 그린 작품인데, 별 감흥이 없다. 이 직후 테디 코Teddy Co를 만났다. 80년대 필리핀 독립영화의 가장 중요한 인물이라고 하면 감독으로는 키드랏 타히믹, 닉 데오캄포, 레이몬드 레드를 꼽지만, 제작자와 평론가로서 지대한 공헌을 한 이가 테디 코이다. 최근에는 필리핀국립문화예술위원회National Commission for Culture and Arts of Philippines의 영화분과 부위원장으로 활동 중인데, 나하고는 15년 지기이다. 그를 통해 키드랏 타히믹의 최근 소식도 들을 수 있었다. 지금 마닐라에서는 키드랏 타히믹 회고전이 한창이라고 하는데, 그의 업적이 재조명을 받고 있다는 것이다. 키드랏 타히믹은 사적 다큐멘터리의 신기원을 이룬 감독으로, 닉 데오캄포는 그를 '정신적

아버지'라 불렸다. 그는 닉 데오캄포나 레이몬드 레드보다 조금 윗세대로, 70년대부터 활동을 시작했다. 1977년에 발표한 〈향기로운 악몽Perfumed Nightmare〉은 그해 베를린영화제 포럼 부문에 초청되어 '뉴 필리피노 시네마'의 탄생을 알렸다. 오늘날 해외에서 주목받는 존 토레스John Torres, 라브 디아즈, 아돌포 알렉스 주니어, 라야 마틴, 카븐 드 라 크루즈Khavn De La Cruz 등이 그를 정신적 멘토라고 부른다. 실제로 그들의 영화적 스타일의 원형은 모두가 키드랏 타히믹으로부터 유래한다. 테디 코는 그동안 제작 현장에서 멀어져 있었는데, 우리 영화제의 일부 행사와 관련하여 도움을 요청했다. 3시와 9시에는 단편 경쟁부문 작품들을 보았다. 가장 반가운 작품은 역시 롬멜 톨렌티노의 〈블로고그Blogog〉이다. 지난해 〈꼬마 안동〉으로 우리 영화제 관객들로부터 뜨거운 반응을 얻었던 그가 이번에도 꼬마를 주인공으로 한 단편을 만든 것이다. 어린이 농구공을 둘러싼 꼬마들의 이야기가 깜찍하게 펼쳐진다. 이 작품도 우리 관객들의 사랑을 듬뿍 받을 것 같다. 나중에 만난 톨렌티노는 역시 어린이를 주인공으로 한 장편 데뷔작 촬영을 곧 시작한다고 한다. 시간이 빠듯하긴 한데 일단 8월 중순까지 러프 컷(1차 편집본)이라도 보내달라고 했다. 6시에는 시네마 원에서 제작한 공포영화 리차드 소메스Richard Somes의 〈양가우Yanggaw〉를 보았다. 매우 독특하다. 공포영화이기는 하지만 가족드라마가 더 중요한 포인트이다. 악령에 씐 딸을 지키려는 가족들의 처절한 사랑이 이야기를 이끌어간다. 만듦새는 다소 거칠지만 새로운 시도가 인상적이다. 이를테면 일반적으로 공포영화에서 악령에 씐 이는 그 순간부터 '우리'가 아닌 '타자'가 된다. 가족도 마찬가지이다. 가족조차도 악령에 씐 이의 구원을 퇴마사에게 맡긴다. 하지만 퇴마사도 그 딸을 구원하지 못한다. 자, 이제 가족들은 어떻게 할 것인가? 감독은 여기서 어떠한 희생도 감수하는 가족애를 끄집어낸다. 즉, 가족들은 그녀를 '타자'가 아닌 여전히 '우리'로서 받아들이는 것이다. 〈양가우〉의 특별한 시각이 바로 여기에 있다. 상영 뒤 시네마 원의 제작 책임자인 로널드 아르구이예스Ronald Arguelles, 감독, 제작자를 만나 여러 가지 이야기들을 나누었다.

22일. 점심은 필리핀영화발전위원회Film Development Council of the Philippines의 로날도 아티엔사Ronaldo Atienza 의장, 디아나 산티아고Digna Santiago 운영위원장, 네스터 하딘 시네말라야 집행위원장과 함께했다. 올해 우리 영화제에서 필리핀과 관련된 행사를 하는 데 있어 필리핀 게스트의 초청비용과 '필리핀 영화 리셉션' 개최와 관련된 논의를 했다. 특히, 로날도 의장은 부산영화제를 통해 한국영화계와 보다 긴밀한 교류를 갖기를 원한다. 오후에는 로만 올리바레스Roman Carlo Olivarez의 〈업캣〉Upcat과 파올로 비야루나Paolo Villaluna의 〈셀다Selda〉를 보았지만, 그저 그렇다. 반면에 페르디 발라낙Ferdie Balanag의 다큐멘터리 〈깨달음의 여정Walking the Waking Journey〉은 인상적이다. 히말라야 근처 오지의 아이들을 데려다가 교육을 시키고 있는 티베트의 고승이, 아이들을 데리고 아이들의 고향까지 먼 길을 버스와 도보로 찾아가는 여정을 그린 다큐멘터리로, 상당히 감동적이다. 저녁은 필리핀의 저명한 제작자인 조지 알론소Joji Alonso와 함께했다. 그녀는 아르만도 라오Armando Lao의 데뷔작 〈비야헹 루파Biyaheng lupa〉('대지의 여행'이라는 뜻)의 스크리너를 전달한다. 아직 완성되지 않은 러프 컷 버전인데 버스를 타고 가는 승객들의 이야기를 담은 로드무비라고 한다. 아르만도 라오는 저명한 시나리오 작가로 브릴란테 멘도사의 스승과도 같은 인물이다. 멘도사의 〈서비스Service〉, 〈도살〉도 그의 손을 거쳐 완성되었다. 그런 그가 60이 넘은 나이에 실험적인 영화를 데뷔작으로 만든 것이다. 조지 알론소는 이 작품을 부산에서 월드 프리미어로 소개하고 싶다고 한다. 해서, 일단 스크리너를 본 다음 구체적인 논의를 하자고 했다.

23일. 점심을 전 칸영화제 프로그래머인 막스 테시에Max Tessier와 함께했다. 막스는 최근 필리핀에 눌러살다시피 하고 있는 인물로, 필리핀영화 최고의 전문가 중의 한 사람이다. 프랑스는 전통적으로 필리핀영화계와 관계가 깊은데, 리노 브로카Lino Brocka를 세계무대에 알린 영화제도 칸이다. 이어 이틀 전에 만났던 테디 코와 다시 만나 몇 가지를 상의했다. 그런데, 그는 전에 한국전쟁을 소재로 한 필리핀영화가 여러 편 제작되었고, 일부는 아직 프린트가 남아있다고 알려준다. 재미있는 것은 필리핀 민주화의 상징인 고 니노이 아키노 Ninoy Aquino 상원의원이 한국전쟁에 종군 기자로 참가했었고, 이를 소재로 한 영화도 만들어졌다는 사실이다. 안타깝게도 지금 이 프린트는 남아있지 않다고 한다. 지금도 500페소짜리 지폐에는 한국전쟁 참전 당시의 모습을 담은 니노이 아키노의 초상화가 들어가 있다.

저녁에는 칸영화제 감독주간 프로그래머인 제레미 세가이 Jeremy Segay와 식사를 함께했다. 제레미 역시 매년 필리핀을 찾으며 폭넓은 네트워크를 쌓아 두었다. 내가 미처 알지 못했던 여러 가지 속 깊은 이야기를 다 해준다. 이어 G.B. 삼페드로 G.B. Sampedro의 〈마닐라의 청춘, 빛과 그림자 Squalor〉를 보았다. 마닐라에서 살아가는 4명의 젊은이들의 삶을 옴니버스 형식으로 풀어간 작품인데, 올해 경쟁부문 작품 중에서 최고다. 재능 있는 신인이 또 한 명 나온 것 같다. 그리고 경쟁부문 작품 중에서 마지막으로 조빈 바예스테로스 Jobin Ballesteros의 〈컬러럼 Colorum〉을 보았다. 출소 뒤 아들을 찾는 노인과 뺑소니 사고를 저지른 뒤 도망 다니는 청년의 이야기를 그린 로드무비로, 신인답지 않게 매끄럽다. 〈컬러럼〉을 본 뒤 스타시네마 Star Cinema의 책임프로듀서인 말로우 산토스 Malou Santos를 만나 몇 가지를 상의했다. 방송사인 ABS-CBN은 '스타시네마'를 통해 규모가 큰 상업영화를, '시네마 원'을 통해 독립영화 제작을 지원하고 있다. 말로우 산토스는 '스타시네마'의 핵심 인물로, 그로부터 최근 라인업에 대한 정보를 들었다. 필리핀에서는 이런저런 방식으로 메이저사들도 독립영화 제작을 지원하고 있다. 서구의 유명 영화제에서 각광받는 몇몇 독립영화 감독이 필리핀독립영화의 전부라고 생각하는 것은 문제가 있는 것이다.

24일. 오늘은 김동호 위원장님이 도착하는 날이다. 소피텔 호텔에 도착하신 위원장님과 영화제 관계자와 점심을 한 뒤 상영관 쪽으로 이동했다. 위원장님은 경쟁부문 영화를 보러 가시고, 나는 브릴란테 멘도사와 미팅을 했다. 지난해 여러 가지 일을 겪었던 멘도사는 올해 〈도살〉로 칸영화제 감독상을 수상하는 등 어려움을 극복해 가고 있다. 멘도사는 〈도살〉을 만들게 된 두 가지 계기에 대해 이야기해 주었다. 그중의 하나는

필리핀 방송사와 인터뷰 중인 김동호 위원장님

한국과 관련된 것이다. 하지만 그 내밀한 이야기는 당분간 묻어두어야 할 것 같다. 멘도사는 그사이에 신작을 한 편 더 만들었다. 〈롤라Lola〉란 제목의 작품으로 베니스에 스크리너를 보냈다고 한다. 참 대단하다는 생각이 든다. 이어 이곳의 스페인문화원에서 일하는 호세 마리아 폰스José María Fons를 만났다. 그를 만난 이유는 사진전 때문이다. 스페인의 사진작가 오스카 페르난데스 오렝고Óscar Fernández Orengo가 50여 명에 달하는 필리핀 감독의 사진을 찍어 10월에 마닐라에서 사진전을 하는데, 이 사진전을 부산영화제로 가져올 수 있을까 해서였다. 예산이 꽤 들어갈 것 같은데 필리핀영화발전위원회의 로날도 아티엔사 의장에게 예산 지원을 부탁해 봐야겠다.

저녁에는 필리핀영화인과의 만남을 위한 파티에 참석했다. 로날도 아티엔사 의장은 올해 부산영화제 초청을 받는 필리핀 영화인들의 항공료를 모두 부담하겠다는 의향서를 전달한다. 또한 필리핀영화의 밤 파티도 개최하겠다는 약속을 했다. 파티에서는 젊은 독립영화인들을 한자리에서 만나 많은 이야기를 나누었다. 또한 필리핀영화의 편집을 거의 도맡아 하고 있는 마넷 다이릿Manet A. Dayrit과도 이야기를 나누었다. 그녀가 중요한 이유는 거의 대부분의 작품들이 그녀의 손을 거쳐 가기 때문에 신작 정보를 그녀가 가장 많이 알고 있다는 점 때문이다. 파티 이후에는 닉 데오캄포를 만나기로 되어 있었는데, 닉 데오캄포가 제시간에 도착을 못하여 미팅이 불발되었다. 닉은 한-아세안 재단이 후원하는 '한-아세안 독립영화 프로젝트' 라는 이름의 워크숍을 진행 중인데, 마닐라 교외에서 워크숍을 하고 있다. 내가 오늘 밤에 떠나기 때문에 오늘 잠깐 짬을 내서 만나기로 했었는데, 금요일 교통 체증이 최악이라 도착을 못 한 것이다. 그와 할 이야기가 많았는데 아쉽다. 그래서 월요일 돌아오시는 김동호 위원장님께 대신 만나주실 것을 부탁드렸다. 닉은 필리핀 독립영화사에서 반드시 거론되어야 할 중요한 감독으로 최근에는 후진 양성에 주력하고 있다. 이제 그를 제작 현장으로 다시 불러내야 할 때가 된 것 같은데 아마도 올해 우리 영화제에서 만나서 긴 이야기를 해야 할 것 같다. 비행기 시간은 새벽 3시 반이다. 호텔로 돌아와 나머지 업무를 정리하고 공항으로 떠난다.

도쿄 영화제
10.18~10.26

[출장기] 시부야를 포기하고 롯폰기로 간 도쿄영화제

우리 영화제 폐막식을 끝낸 이틀 뒤, 도쿄행 비행기에 몸을 실었다. 도쿄영화제 '아시아의 바람Wind of Asia' 부문 심사위원을 맡았기 때문이다. 대개 도쿄영화제는 우리 영화제가 끝난 뒤 1주일 정도 뒤에 시작하지만 올해는 폐막 바로 다음 날 시작하는 일정이다. 그래서 처음 심사위원을 제안받았을 때 거부할까 했지만 아시아의 바람 부문 프로그래머인 이시자카 겐지Kenji Ishizaka가 오랜 친구라 결구 수락하고 말았다. 영화제를 끝낸 직후라 몸은 천근만근이었지만 심사 대상 작품이 20편이어서 그나마 다행이었다. 아시아의 바람 부문에는 총 40편이 초청되었는데 그중에서 20편만을 아시아영화상 후보로 올린 것이다. 심사위원은 나를 포함하여 일본의 저명한 평론가 우에노 코시Koshi Ueno, 감독 시노하라 테츠오Tetsuo Shinohara였다.

올해 도쿄영화제의 공식 초청작은 101편이다. 한국 영화제, 중국 영화제 등으로부터 온 여타 상영작이 많지만 이들 모두가 일종의 부대행사처럼 치러진다. 올해 도쿄영화제의 변화는 시부야를 포기한 것이다. 도쿄영화제의 출발지가 시부야였지만, 수년 전부터 롯폰기 힐이 메인 베뉴의 역할을 해왔고 올해는 드디어 시부야를 포기하고 롯폰기 힐과 바로 이웃해 있는 3개관 짜리 소규모 멀티플렉스 시네마트 롯폰기에서만 영화제를 개최한 것이다. 도쿄영화제의 이러한 선택은 영화제의 공간을 한 곳으로 집중화시키자는 판단에서 비롯되었을 것이다. 하지만 고민은 여전하다. 영화제 기간 동안 도쿄영화제 관계자들과 공간 문제와 관련하여 속 깊은 이야기를 나눌 수 있었다. 그들이 가장 이상적으로 꼽는 공간은 긴자였다. 롯폰기 힐의 도호시네마와 시네마트 롯폰기는 시설은 좋지만 좌석 수의 부족이 문제다. 그래서 개·폐막식도 300여 석짜리 영화관에서 열린다. 우리 영화제의 5,000석과 너무 비교가 되는 것이다. 반면, 긴자에는 극장들도 많지만 도쿄국제포럼Tokyo International Forum

이 있어 대규모 행사가 가능하다. 도쿄영화제 측은 긴자 지역을 염두에 두고 이런저런 고민을 하고 있는 것이다.

개인적으로는 도쿄영화제가 롯폰기 힐로 옮긴 뒤 처음 참가하는 터라, 여러 가지 궁금한 점이 많았다. 하지만 전반적으로는 차분하다 못해 적막한 느낌까지 들었다. 늘 지적되는 문제이기는 하지만 도쿄에는 도심이 너무 많아 특정 행사가 주목받기 힘들다는 것이다. 롯폰기 힐만 벗어나면 도쿄영화제가 열리는지 알기조차 힘들 정도이다. 그래서 도쿄영화제의 전반적인 인상은 '축제'라기 보다는 '행사'라는 것이다. 우리 영화제의 경우 다소 무리가 있어도 영화인과 관객이 가깝게 만나는 행사를 많이 하는 데 반해, 도쿄영화제는 늘 거리를 둔다. 우리 영화제를 찾는 일본 영화인이나 언론 관계자가 늘 놀라는 부분이 바로 이 점이다.

물론 우리가 배울 점도 많다. 준비를 철저하게 한다는 점인데 이것도 때로는 문제를 야기한다. 올해 개막식의 경우 시작이 10분 정도 늦춰졌는데 그 이유가 재미있다. 일반적으로 도쿄영화제 기간 동안 펼쳐지는 모든 행사는 분 단위로 준비된다. 우리 영화제는 개막식 입장 순서에 있어 게스트들이 호텔에서 6시부터 출발하여 개막식장에 들어오는 순서대로 입장을 시키는 데 반해, 도쿄는 모든 게스트들의 입장 시간을 분 단위로 정해 놓는다. 문제는 한 사람만이라도 시간이 어긋나면 뒤가 다 줄줄이 밀릴 수밖에 없다는 것이다. 올해 도쿄영화제의 귀빈은 하토야마Yukio Hatoyama 신임 총리와 20세기 폭스 사장, 배우 시고니 위버Sigourney Weaver였다. 이들은 3분 정도의 간격을 두고 엘리베이터를 타고 1층에서 4층으로 올라갈 예정이었다. 그런데 하토야마 총리가 갑자기 3층에서 내려서 화장실에 가는 바람에 모든 엘리베이터들이 3층에서 서버렸고, 성격이 다소 급한 20세기 폭스 사장이 걸어서 올라가겠다며 엘리베이터에서 내려버린 것이다. 그러고는 길을 잃어버려 10분 정도 지체되었다는 것이다. 얼핏 보면 사소한 사건이지만, 사실은 이 사소한 사건 역시 영화제의 철학과 정체성과 밀접한 관계를 갖고 있다. 영화제가 게스트의 스케줄에 너무 얽매이다 보니 관객과의 소통이 소원한 결과를 낳고 있는 것이다, 결국 영화제의 진정한 주인이 누구인가 하는 의문을 제기할 수밖에 없는 것이다. 영화제 역시 축제일진데 관객으로 하여금 일탈을 경험하게 하고 무언가에 열광하게 해주는 것이 필요하지 않을까? 그런데 도쿄영화제의 관객을 보면 잘 훈련된 시민의식의 모범사례를 보는 것 같다. TV아사히 광장에서 열리는 라이브 공연은 영화제가 관객을 위해 준비한 행사였지만 관객은 손에 꼽을 정도였다. 도쿄영화제에 필요한 것은 다름 아닌 '열정' 이라는 생각이 들었다.

또 다른 문제는 프로그램이다. 심사 도중에 메인 경쟁부문에 초청된 아시아영화를 보았다. 이미 본 레이몬드 레드의 〈마닐라의 하늘〉 외에 쓰지 히토나리Hitonari Tsuji의 〈아카시아Acacia〉, 데브 베네갈Dev Benegal의 〈로드, 무비Road, Movie〉, 후오

지엔치Jianqi Huo의 〈타이페이에 눈이 온다면Snowfall In Taipei〉, 리팡팡Li Fangfang의 〈변치 않는 것들Heaven Eternal, Earth Everlasting〉 등은 고개가 갸웃거려질 정도의 영화였다. 〈로드, 무비〉를 제외한 작품들 모두가 평범한 멜로영화로, 좋은 평가를 해주기 힘들었다. 일본영화 신작을 소개하는 '일본영화의 시점Japanese Eyes' 초청작도 눈에 띄는 작품이 드물었다. 폐막식 리셉션에서 만난 《스크린Screen International》, 《할리우드 리포터Hollywood Reporter》 기자들도 나와 비슷한 생각을 하고 있었다.

도쿄영화제를 받치는 힘은 지금은 영화제라기보다는 마켓이다. 코페스타Cofesta라는 이름의 콘텐츠마켓과 함께 열리는 영화와 TV 마켓인 티프콤이 그것이다. 2년 전에 취임한 톰 요다 도쿄영화제 집행위원장이 의욕적으로 확장하고 있는 마켓은, 봄에 열리는 홍콩영화제의 필름마트와 우리 영화제의 아시안필름마켓과 더불어 아시아의 중요한 마켓으로 인식되고 있다. 아시아에서 가장 방대한 시장을 가지고 있고, 다양한 콘텐츠 생산국이라는 이점을 살려 마켓을 키워나가고 있는 것이다. 다만, 티프콤과 도쿄영화제 간의 연결고리가 앞으로 얼마나 더 효율적으로 작동할지는 아직 미지수이다.

10월 23일, 밤 12시가 되어서야 아시아의 바람 부문 심사를 시작했다. 심사위원들이 각기 추천작 4, 5편을 써낸 다음 점수를 많이 받은 작품에 대해 토론하는 방식이었다. 시간은 오래 걸리지 않았다. 우니 르콩트Ounie Lecomte의 〈여행자A Brand

New Life〉로 결정을 한 것이다. 결론은 금방 냈지만, 아시아의 바람 부문의 수상작 선정 방식 자체에 대해서도 토론을 했다. 후보작 20편을 보면 압바스 키아로스타미Abbas Kiarostami에서부터 우니 르콩트와 같은 신인 감독에 이르기까지 다양한데, 이러한 광범위한 스펙트럼이 과연 적절한가 하는 것이었다. 그래서 수상작 결정보다 후보작 스펙트럼에 관한 논의에 시간이 더 많이 걸렸다. 물론 결론을 내린 것은 아니었지만, 그러한 논의를 해 준 것에 대해 도쿄영화제 측은 고마워했다. 비록 도쿄영화제가 우리와 경쟁 관계에 있지만, 기본적으로는 동지 의식을 갖고 있다. 그들이 영화제를 준비하면서 얼마나 고생을 하고, 얼마나 많은 문제들을 헤쳐나가야 하는가를 잘 알기 때문이다. 그 때문에 내가 바라본 도쿄영화제의 문제와 개선점에 대해 솔직한 대화를 그들과 나누었다.

영화제 기간 동안 타지키스탄Tajikistan의 노시르 사이도프Nosir Saidov 감독을 만나 많은 이야기를 나누었다. 이곳 도쿄에서는 도쿄영화제 외에 자그마한 또 하나의 영화제가 개최 중이다. NHK 아시아영화제NHK Asian Film Festival가 그것으로, NHK가 투자했거나 판권을 구입한 작품으로 영화제를 하는 것이다. 노시르 사이도프는 우리 영화제 뉴 커런츠 부분 초청작인 〈윗마을 아랫마을, 그리고 국경선True Noon〉으로 NHK 아시아영화제 초청을 받았다. NHK가 〈윗마을 아랫마을, 그리고 국경선〉에 투자를 한 것이다. 노시르 사이도프와는 우리 영화제가 타지키스탄의 영화 부흥을 위해 도울 수 있는 일이 무엇인가에 대해 많은 이야기를 나누었다. 타지키스탄에는 단 한 개의 극장이 있을 뿐이고, 영화산업 자체가 존재하지 않는다. 그래서 우선 할 수 있는 것이 영화제라는 결론을 내리고 내년 가을 출범을 목표로 영화제 준비를 함께하자는 데에 동의했다. 블라디보스토크 아시안퍼시픽 국제영화제International Film Festival of Asian-Pacific countries in Vladivostok(이하 '블라디보스토크영화제'), 오키나와영화제, 하노이영화제 등과 더불어 우리 영화제가 직접적인 도움을 주는 영화제가 또 하나 늘어난 셈이다.

도쿄 필름엑스 11.23~11.28

[출장메모] 10주년 맞은 도쿄필름엑스에 가다

이번 영화제 출장에서의 업무는 여느 때와 마찬가지로 공식 초청작 관람과 다양한 영화인들과의 미팅이 주를 이뤘다. 알려져 있다시피 도쿄필름엑스는 기타노 다케시Takeshi Kitano의 회사인 '오피스 기타노Office Kitano'에서 예산의 상당 부분을 책임지고 있으며, 주로 기타노 다케시가 출연하고 있는 CF의 회사를 스폰서로 영입하고 있다. 도쿄영화제에 비해 규모는 훨씬 작지만, 알찬 프로그램과 인더스트리 스크리닝을 통해 해외 영화인들을 유인하고 있다.

올해는 특히 10회를 맞이하여 다양한 세미나를 개최했

는데 안타깝게도 주로 어두운 이야기들이 오갔다. 일본의 정권 교체 이후 영화제 지원 예산이 삭감되는 분위기가 되어 일본의 영화제의 미래에 대해 대체로 비관하는 관계자가 많았던 것. 다만 도쿄도만이 도쿄필름엑스에 신규 지원을 검토하고 있어 아주 희망이 없는 것은 아닌 것 같았다.

한편, 올해 경쟁부문에서는 양익준 감독의 〈똥파리〉가 대상과 관객상을 수상하며 가장 화제를 모았으며 한국 영화진흥위원회가 의뢰한 한국영화 쇼케이스가 열려 관객들의 좋은 반응을 이끌어냈다. 이번에 만난 이스라엘의 영화감독 아모스 지타이Amos Gitai가 부산영화제에 오고 싶다는 의견 피력하여 흔쾌히 초청을 했다.

아시아태평양영화제
12.10~12.21

[출장메모] 시상식 도중 진도 4의 지진을 겪다

아시아 지역에서 가장 역사가 오래된 국제영화제는?

정답은 아시아태평양영화제Asia-Pacific Film Festival(이하 '아태영화제')이다. 이 영화제는 1954년에 시작되어 올해로 53회를 맞았다. 2007, 2008년에 개최지인 홍콩과 인도네시아의 재정 문제 때문에 2년 동안 중단되었다가 올해 다시 재개되었다.

하지만 아태영화제가 오랜 역사만큼 권위 있는 영화제는 아니다. 이유는 이렇다. 아태영화제는 해마다 회원국 도시를 순회하며 열리는 영화제로, 아시아태평양제작자연맹 Federation of Motion Picture Producers in Asia-Pacific(이하 '아태제작자연맹')이 주최하고 있다. 각 국가별로 대표 격인 영화 관련 단체가 연맹의 회원자격으로 출품작을 영화제에 보낸다. 일반적으로 국제영화제가 자체적으로 초청작을 정하는 방식과는 달리, 회원단체가 작품을 선정해서 보내는 방식이다. 때문에 작품의 수준이 들쭉날쭉하다. 최근 마카오가 영화 제작을 시작하면서 아태제작자연맹 회원이 되었고, 출품작도 보냈다. 하지만 작품 수준은 많이 떨어진다.

올해 타이완에서 열린 아태영화제는 가오슝에서 개최되었다. 심사위원은 나를 포함하여 리우리싱Liu Li Xing, 왕칭화Qinghua Wang, 주시지에Xijie Zhu(이상 타이완), 테루오카 소조Sozo Teruoka(일본), 해리 사이먼Harry P. Simon(인도네시아), 장 피에르 기메네즈Jean Pierre Gimenez(프랑스)가 맡았다. 내가 심사위원을 맡게 된 사연은 이렇다. 제53회 아태영화제 집행위원회의 자문위원인 제니퍼 자오 타이베이영상위원회 위원장이 영화제 측에 심사위원 구성 방식의 개선을 주장했고, 그 주장이 받아들여져 내가 요청을 받게 된 것이다. 이전에는 심사위원 역시 회원국가에서 추천하는 이를 심사위원으로 위촉하는 방식이었다. 그렇다 보니 시상 결과에 있어 나눠 먹기가 심한 편이었다. 이런 문제점을 해소하기 위해 올해 처음으로 영화제 측에서 직접 심사위원을 위촉한 것이다. 제니퍼 자오는 우리 영화제와 매우 가까운 사이로, 부산영상위원회를 모델로 타이베이영상위원회를 창설한 바 있다. 때문에 그녀의 요청을 거절할 수 없었다.

문제는 심사 일정이었다. 12월 11일부터 17일까지 7일 동안 장편 38편을 포함하여 총 52편을 심사해야 했다. 그래서 어떤 날은 8편을 보는 날도 있었다. 비 장편극영화는 하루 일정이 끝난 뒤 호텔 방에서 DVD로 심사해야 했다. 12월 18일에는 영화제 개최지인 가오슝으로 이동하여 최종 심사를 했다. 총 15개 부문의 수상작/수상자를 정해야 했다. 3시에 시작된 심사는 의외로 순조롭게 진행되어 8시경에 모두 마무리를 할 수 있었다.

시상식은 12월 19일 가오슝에서 새로 건설 중인 거대 리조트 단지 이다월드E-DA World의 체육관에서 열렸다. 내년 상반기 개장 예정인 이다월드의 시범 운영을 아태영화제로 대신한 것이다. 7시에 시작된 시상식은 4시간이 지나서야 끝났다. TV 생중계 때문에 시상식 중간 중간에 공연이 들어갔기 때문이다. 심사위원 자격만 아니었으면 빠져나오고 싶은 마음이 간절했다. 그런데 시상식 중간에 꽤나 놀라운 일이 발생했다. 시상식장 전체가 심하게 흔들리는 정도의 지진이 발생한 것이다. 약 30초간 계속된 흔들림은 공포감을 자아내기에 충분한 정도였다. 그런데 기묘하게도 생방송 도중이었지만 CF가 송출되는 시간에 지진이 발생해서 공포에 질린 게스트나 관객의 모습은 카메라에 잡히지 않았다. 나중에 들은 이야기로는 진도가 4였다고 한다. 화련 쪽은 진도 6.8까지 기록했다고 한다. 비록 짧은 순간의 지진이었지만 진도 4의 지진은 처음 접하는 것이라 공포를 체감했다.

비록 연륜만큼의 권위는 없지만 아태영화제의 장점도 있다. 아시아 태평양 지역의 회원국 영화단체나 영화인들이 영화제 시상식에 대거 참가한다는 것인데, 단장급 영화인을 제외한 나머지 참가자들 대부분이 자비를 내고 참석한다. 그리고 이들은 총회를 통해 여러 가지 현안들을 상의한다. 올해 아태영화제가 타이완에서 열린 데에는 그만한 사정이 있다. 아태제작자연맹의 결속력도 예전 같지 않은 데다, 재정이 여의치 않아서 영화제 호스트 역할을 선뜻 맡겠다는 도시가 없었던 것이다. 그런 가운데 현재 아태제작자연맹의 사무국을 타이베이에 두고 있는 타이완으로서는 아태영화제를 항구적으로 타이완으로 가져와 문화적 영향력을 갖길 원하는 측면이 있다. 때문에 영화제 기간 중 열린 운영위원회 회의에서도 타이완은 내년 영화제도 타이완에서 개최할 것을 제안했다. 물론 영화제 운영 경비 전액을 타이완에서 댄다는 조건을 내걸었다. 마카오가 개최 의사를 피력하기는 했으나, 100% 확정적인 의견을 내놓은 것이 아니었기 때문에 내년도 개최지가 타이완으로 굳어질 가능성이 크다. 그런 동시에 타이완의 입장에서는 아태영화제의 면모를 일신해야 할 필요성과 그 당위성을 절감하고 있다. 12월 20일 가오슝에서 타이베이로 돌아오는 기차 안에서 제니퍼 자오, 아태영화제의 실질적 책임자인 리우리싱과 많은 이야기를 나누었다. 그리고 그들의 고민과 의욕을 들을 수 있었다. 나로서는 무조건 그들을 도울 수밖에 없겠지만, 회원국 간의 이해관계가 얽혀 개혁이 이루어질지는 잘 모르겠다.

2010

[뉴스레터] 아시아 각국의 우정의 손짓에 화답할 우리 영화제 -2010년 3호년(2010년 4월 28일 자)

지난 4월 17일부터 21일 사이에 베트남 하노이 출장을 다녀왔습니다. 출장 목적은 10월 17일에 개막하는 제1회 하노이영화제 관련 회의 때문이었습니다. 우리 영화제는 아시아권의 여러 영화제, 특히 신생 영화제들로부터 자문 요청을 많이 받습니다. 블라디보스토크영화제나 오키나와영화제 등이 그 예입니다. 하노이영화제는 국가 차원의 영화제이며, 이미 5년여 전부터 준비를 해왔습니다. 준비팀은 우리 영화제에 인턴을 보내고, 매년 우리 영화제에 다수의 스태프를 파견하여 견학을 하게 했습니다. 하노이영화제는 베트남 정부 문화체육관광부 내의 영화국과 베트남 미디어가 주최를 맡고 있습니다. 현재 영화국 국장은 라이 반 신Lai Van Sinh으로, 저명한 다큐멘터리 감독이기도 합니다. 그는 이미 우리 영화제에 두 번이나 참석한 바 있습니다. 첫 공식 회의에서 저는 "나는 이 자리에 자문을 하러 온 것이 아니라, 경험을 공유하기 위해 왔다"라는 말로 인사를 대신했습니다. 그리고 영화제를 준비하는 영화국 스태프, 베트남 미디어 스태프들과 장장 나흘에 걸쳐 논의를 거듭했습니다. 올해 하노이영화제는 첫 행사라 전체 상영작 규모를 60편 정도로 잡고 있습니다. 그럼에도 불구하고 개막식은 3,500석 규모의 컨벤션포럼 대극장을 염두에 둘 정도로 의욕을 보이고 있습니다. 저는 그들과 함께 영화제 본부가 될 오페라하우스와 메가스타를 비롯한 상영관 등을 돌아보며 의견을 나누었습니다. 우리와는 여러모로 환경이 다르기 때문에 많은 논의를 필요로 했습니다. 이를테면 올해 당장 하노이영화제가 온라인 티켓 시스템을 운용할 가능성은 없어 보여서 오프라인 티켓 판매를 어떻게 강화할 것인가를 논의한다든가, 자막 시스템을 아직 갖추지 못해서 우리 영화제의 자막 시스템을 어떻게 제공할 것인가 등등을 세세하게 논의했습니다.

우리 영화제가 그동안 베트남 미디어와 워낙 밀접한 관계를 유지해 오기는 했지만, 그래도 베트남 미디어는 민간기업이며 베트남 정부 기구와의 공식적인 업무교류는 이번이 처음입니다. 저는 개인적으로는 영화제에서 일하는 모든 분들이 동료이고 가족이라고 생각하기 때문에 미력하나마 도울 일이 있으면 언제든지 돕는다는 생각을 가지고 있습니다. 반면, 조금 더 큰 틀에서 보면 우리 영화제가 '역한류'의 역할도 일정 정도 할 수 있지 않을까 생각합니다. '문화'라는 것이 어느 한 방향으로만 흐르면 반드시 문제가 생긴다고 봅니다. '한류'의 경우 '반한류'나 '혐한류'가 생기는 이유가 바로 그것이겠지요. 우리가 '한류'를 유지, 발전시키는 것도 중요하지만, '역한류'가 제대로 기능해야만 '반한류'나 '혐한류'를 순화시킬 수 있지 않을까요? 우리 영화제는 아시아, 그중에서도 변방으로 인식되는 국가들의 낯선 영화들을 꾸준히 소개하고 세계에서 주목받도록 일정한 역할을 해왔습니다. 또한, 아시아영화펀드Asian Cinema Fund나 아시아영화아카데미Asian Film Academy를 통하여 제작을 지원하거나 인재를 양성해 왔습니다. 조금 다른 차원의 문제이기는 하지만, 저희가 하노이영화제의 창설을 돕는 것도 순기능을 한다고 봅니다. 다소 과장된 표현을 쓰자면 '민간 외교'의 역할도 하고 있는 것이지요.

베트남 미디어와 베트남 정부 영화국이 우리 영화제를 파트너로 생각하고 하노이영화제 창설 초기부터 논의를 함께 하는 것은 우리 영화제에 대한 신뢰와 더불어, 지난 20여 년 동안 한국영화의 발전을 눈으로 직접 목격하고 그 발전의 경험을 공유하고 싶어 하기 때문입니다. 이는 비단 베트남만의 현상이 아닙니다. 많은 아시아의 국가들이 한국영화의 발전 모델을 배우고자 합니다. 저는 부산영화제 창설 이후 지난 15년 동안 수많은 아시아 국가들을 매년 방문했습니다. 그리고 그들의 목소리를 직접 들어왔습니다. 하지만, 우리 사회 일각에서는 이러한 놀라운 성과들을 폄하하기도 합니다. 참으로 안타까운 일이 아닐 수 없습니다.

그럼에도 불구하고 우리 영화제와 한국영화의 발전상에 신뢰를 보내며 우정의 손을 내민, 하노이의 정도定都 1000년을 기념하여 창설되는 제1회 하노이영화제의 성공적인 출범을 기원하면서 우리 영화제도 열심히 힘을 보태려 합니다. 그리고 올해 안으로 타지키스탄에서도 새로운 영화제의 창설을 위해 자문을 위한 방문을 저희에게 요청할 것으로 보입니다. 저희는 또 가겠습니다. 가서 그들을 돕고 기꺼이 그들의 파트너가 되겠습니다. 그것이 곧 우리 영화제의 목표인, 아시아영화의 발전을 도모하는 길이기 때문입니다.

P.S. 지난달 정부로부터 올해 우리 영화제의 정부지원 예산이 3억 원 삭감되었다는 통보를 받았습니다(18억 원에서 15억 원으로). 지난해에 비해 전체 국제영화제 지원예산이 42억 원에서 35억 원으로 삭감되었기 때문에 그에 따라 3억 원을 삭감할 수밖에 없었다고 합니다. 저희로서는 허리띠를 더욱 졸라매고, 스폰서를 찾는 데 배전의 노력을 하려고 합니다. 그래서 영화제의 올해 목표에 차질이 생기지 않도록 하겠습니다. 이 뉴스레터를 받아보시는 여러분들, 관객 여러분들께서 조금만 더 관심을 가져 주시면 이 어려움을 무사히 극복할 수 있을 것이라 믿습니다. 부탁드립니다.

칸영화제
05.11~05.21

[뉴스레터] 아시아영화의 약진과 그 그늘을 보다 - 2010년 4호(2010년 5월 27일 자)

지난 5월 11일부터 21일까지 칸영화제에 다녀왔습니다. 저는 늘 그랬듯이 대부분의 작품을 마켓에서 보고, 미팅도 많이 했습니다. 특히 아랍영화의 최고 권위자로 꼽히는 아부

다비영화제Abu Dhabi Film Festival의 프로그래머 인티샬 알 타미미Intishal Al-Tamimi와 긴 시간 많은 이야기를 나누었습니다. 그리고 쌍방 간에 긴밀한 협조를 다짐했습니다.

대화 도중에 제가 타미미의 광범위한 네트워크에 감탄한 일이 있었습니다. 그 일은 제가 칸영화제 기간 중에 놀라운 이라크영화 한 편을 건진 데서부터 시작되었습니다. 평소 저와 가까이 지내는 세일즈 회사 드림랩DreamLab Films의 나스린 샤흐동Nasrine Médard de Chardon이 아직 공개되지 않은 이란과 이라크의 신작 DVD를 저에게 건네줬고, 저는 그날 밤 숙소에서 작품 하나하나를 모두 살펴보았습니다. 그중 이라크의 신인 감독 하산 알리Hasan Ali가 만든 데뷔작 〈까마귀와 허수아비The Quarter Of Scarecrows〉는 놀라운 작품이었습니다. 저는 깜짝 놀라 이튿날 나스린에게 당장 만나자고 했고, 프리미어 여부를 물었습니다. 그녀는 로카르노영화제Locarno Festival에도 DVD를 전달할 예정이라고 했습니다. 저는 부산에서 프리미어를 하자고 제안했고, 그녀는 별 망설임 없이 동의해 주었습니다. 지난해 우리 부산영화제에서 뉴 커런츠상 수상자 중 한명이 이라크 감독이었다는 사실을 기억하시는지요? 〈킥 오프Kick Off〉의 샤우캇 아민 코르키Shawkat Amin Korki가 바로 그입니다. 그런데 올해도 바로 그곳 이라크에서 놀라운 신인 감독이 등장한 것입니다. 저는 그야말로 밥 안 먹어도 배부른 심정이었습니다. 그런데 타미미 왈 "내가 잘 아는 이라크의 젊은 신인 감독이 있는데, 어제 통화를 했다.

자기 데뷔작이 부산영화제 초청을 받아서 너무 기쁘다고 하더라" 라는 것이었습니다. 제가 깜짝 놀란 것은 너무나 당연한 일이었습니다. 타미미의 네트워크에 감탄하면서, 한편으로는 타미미와 같은 전문가를 만나게 된 사실 또한 행운이라는 생각이 들었습니다. 앞으로 그를 통해서 아랍영화와 보다 광범위한 네트워크를 만들 수 있으리라 기대합니다.

뭄바이영화제의 스리니바산 나라야난Srinivasan Narayanan 집행위원장과의 만남도 의미 있었습니다. 뭄바이영화제는 빅 픽쳐스라는 인도 굴지의 영화사가 전체 예산의 80%를 지원해주는 영화제로, 나라야난 집행위원장도 빅 픽쳐스와 밀접한 관계를 가지고 있는 분입니다. 빅 픽쳐스는 세계적으로 몇 손가락 안에 들어가는 거대 기업집단인 인도의 릴라이언스 아닐 디루바이 암바니 그룹의 자회사입니다. 빅 픽쳐스의 최근 행보는 놀랍습니다. 스티븐 스필버그Steven Spielberg와 공동제작 협약을 마쳤고, 조지 클루니George Clooney의 스모크하우스Smoke House Pictures, 톰 행크스Tom Hanks의 플레이톤 프로덕션Playtone Production Company, 브래드 피트Brad Pitt의 플랜 비 엔터테인먼트Plan B Entertainment Inc. 등 7개의 할리우드 프로덕션 회사들과 공동투자를 하기로 하는 등 할리우드의 중심부를 향해 맹진격 중입니다. 최근에는 미국에만 200개 이상의 스크린을 론칭하기도 했습니다. 나라야난 집행위원장은 우리 영화제의 명성을 너무나 잘 알고 있으며, 꼭 참가하고 싶은 영화제이지만 뭄바이영화제와의 개최 일정이 너무 가까워서 참석하지 못했노라고 했습니다(올해 우리 영화제는 10.7~15, 뭄바이영화제는 10.21~28). 저는 우리 영화제 개막식만이라도 참석해 달라는 요청을 했고, 그는 힘든 일정이지만 그렇게 하겠다고 약속했습니다. 저희는 지난해 '올해의 아시아영화인상'을 발리우드의 황제인 야쉬 초프라에게 수여한 바 있습니다. 전 세계에서 할리우드에 필적할 유일한 파워인 인도 영화계와 밀접한 관계를 맺기 위한 본격적인 시도였습니다. 올해 뭄바이영화제와 빅 픽쳐스와의 관계를 공식화함으로써 그러한 시도는 더 탄력을 받을 것 같습니다. 올해 빅 픽쳐스의 라인업 중에는 마니 라트남Mani Ratnam 감독의 〈라아바난Raavanan〉(아이쉬와라 라이Aishwarya Rai 주연), 아누락 바수Anurag Basu 감독의 〈카이츠Kites〉 등 화제작이 있습니다. 이들 작품과 관련한 깊은 이야기도 나누었습니다.

올해 칸영화제에서는 아시아영화가 강세였습니다. 메인 부문인 공식경쟁부문과 주목할 만한시선의 최고상을 모두 아시아영화가 휩쓸기도 했습니다. 하지만 한편으로는 아시아영화의 그늘을 확인하는 자리이기도 했습니다. 평소 정치적 언급을 전혀 하지 않던 압바스 키아로스타미 감독이 칸영화제 기간 중 현재 구금 중인 자파르 파나히Jafar Panahi 감독의 석방을 촉구하는 발언을 했습니다. 키아로스타미 감독의 〈사랑을 카피하다Certified Copy〉로 여우주연상을 받은 쥘리에트 비노슈Juliette Binoche도 수상 소감에서 자파르 파나히 감독의 석방을 언급했습니다. 압바스 키아로스타미 감독은 곧바로 이란으로 돌아가지 않고 파리에 당분간 머물 계획이라고 합니다. 그 이유는 짐작하시는 대로입니다. 5월 20일에는 이란으로 돌아가지 못하고 파리에서 살고 있는 모흐센 마흐말바프 감독을 잠깐 만났습니다. 그는 지난 2009년 대통령 선거 이후 얼마나 많은 이란인들이 핍박을 받고 있으며, 자신이 어떤 일을 하고 있는지 저에게 상세히 설명했습니다. 이번 칸영화제 개막식에서 자파르 파나히를 명예 심사위원으로 위촉하고 자파르 파나히의 이름이 붙은 빈 의자를 소개한 이벤트 역시 자신이 제안한 것이라고 했습니다. 저는 "당신이 지금 하는 일이 당신에게는 가장 소중한 일이겠지만, 영화감독으로서의 당신 역시 내게는 소중하다. 제발, 몸조심하기 바란다"는 말을 전했습니다.

황금종려상을 수상한 아피찻퐁 위라세타쿤Apichatpong Weerasethakul은 우여곡절 끝에 칸에 도착할 수 있었습니다. 최근 태국의 불안한 정세 때문에 비자를 제때 받지 못하는 일이 발생한 것이지요. 21일이 〈엉클 분미Uncle Boonmee Who Can Recall His Past Lives〉의 상영일이었는데, 바로 그날 겨우 칸에 도착할 수 있었습니다. 사실 그 역시 태국 정부의 가혹한 검열에 피해를 입은 바 있습니다. 2006년 작 〈징후와 세기Syndromes And A Century〉가 정부 당국의 지시에 의해 6개 장면이 가려진 채 상영된 적이 있습니다. 그래서 그는 정부 당국의 무원칙적인 검열에 대해 자주 비판을 하곤 했었습니다. '프리 타이시네마 운동Free Thai Cinema

Movement'에도 열심입니다. 각본상을 받은 〈시〉의 이창동 감독 역시 제작 준비 과정에서 예상치 못했던 어려움을 겪은 일이 있습니다. 그래서 이번 칸에서 아시아영화의 약진, 아시아 감독들의 분투는 자랑스럽기도 하지만, 또 한편으로는 안타까움을 금할 수 없었습니다. 때문에 아시아영화의 든든한 보호막으로서의 부산영화제의 역할에 대해 다시 한번 생각하게 되었습니다. 다음 뉴스레터에서 다시 뵙겠습니다.

[뉴스레터] "허리띠를 졸라매고 관객 맞을 채비를 하다" - 2010년 5호(2010년 6월 25일 자)

초청작을 찾기 위한 부산영화제 프로그래머들의 출장은 계속되고 있습니다. 6월에만 상하이국제영화제Shanghai International Film Festival(이하 '상하이영화제'), 에딘버러국제영화제Edinburgh International Film Festival(이하 '에딘버러영화제'), 트랜실바니아국제영화제Transilvania International Film Festival(이하 '트랜실바니아영화제'), LA영화제LA Film Festival 등을 이미 다녀왔고, 런던 스크리닝, 파리 스크리닝, 스페인 스크리닝 등 자국 영화를 우리 영화제에 추천하는 유럽 각 국가들의 스크리닝 행사에도 우리 프로그래머들이 나갈 예정입니다.

저는 지난 6월 8일부터 11일까지 베이징 출장을 다녀왔습니다. 지아장커, 왕빙Bing Wang, 장위엔, 왕차오, 리우하오Hao Lui, 장률Lu Zhang, 장양Zhang Yang, 리위Li Yu 감독 등 주요 감독들과 화이브라더스를 비롯한 주요 제작사들과도 미팅을 했습니다. 리우하오나 장양, 리위 감독은 신작 제작을 거의 마무리했고, 그중 리우하오의 〈사랑의 중독Addicted To Love〉의 경우 러프컷 버전을 현지에서 직접 보았습니다. 치매에 걸린 첫사랑 여인을 돌보는 할아버지가 정작 자기 자신도 치매 증상이 시작되면서 겪게 되는 아픔을 그린 작품으로, 2007년도 아시아영화펀드 장편독립영화 인큐베이팅펀드 지원작이기도 합니다. 비록 적은 금액이기는 하지만 우리가 시나리오 개발비를 지원하여 이렇게 훌륭한 작품으로 완성되는 것을 보면 정말 가슴 뿌듯합니다. 리우하오는 저에게 부탁을 하나 했습니다. 작품이 완성 단계이기는 하지만, 아직 세일즈 회사를 찾지 못해 저에게 좋은 세일즈 회사와 연결시켜달라는 것이었습니다. 일단 돌아와서 몇몇 회사들을 알아보고 있는 중입니다만, 리우하오의 경우만이 아니라 최근 대부분의 중국의 독립영화 감독들이 상당히 어려운 환경에 놓여 있는 것 같습니다. 다큐멘터리 감독으로 입지를 굳힌 왕빙도 첫 장편 극영화를 만들었지만, 이런저런 어려움을 겪고 있다고 합니다. 두 감독 모두 대부분의 제작비를 해외에서 조달했는데 정작 국내에서의 문제 때문에 개봉까지는 난항이 예상되는 것이지요. 왕빙은 말을 아끼지만, 검열 문제 때문인 듯합니다. 지아장커가 제작한 한지에Jie Han 감독의 신작

2007년도 아시아영화펀드 장편독립영화
인큐베이팅펀드 지원작 리우하오의 〈사랑의 중독〉

역시 검열 과정에서 어려움이 예상된다는 이야기가 있습니다. 중국 독립영화의 어려움은 이것만이 아닙니다. 한때 '묻지마 투자' 붐이 일어 제작비 조달에 별 어려움이 없었던 많은 독립영화 감독들이 제작비를 구하기 힘든 상황에 처해 있는 것입니다. 명예를 위해 투자하겠다던 투자자들이 더 이상 옛날처럼 투자를 하지 않고 있습니다. CCTV의 영화 채널 역시 TV 영화 투자에 인색해졌습니다. 상황이 이렇다 보니 아시아영화펀드, PPP, 아시아영화아카데미, 뉴 커런츠 등 아시아의 새로운 재능 발굴과 지원에 꾸준히 힘을 쏟아온 우리 영화제에 대해 대부분 호의적인 반응을 보여 주었습니다. 그래서인지 올해 베이징 출장에서는 젊은 감독들의 뛰어난 신작을 많이 확보할 수 있었습니다. 그중 최소한 5편 정도는 월드 프리미어가 가능할 것 같습니다.

지아장커 감독은 올해 우리 영화제 참가가 불가능할 것 같습니다. 오랫동안 공을 들여온 무협영화 촬영이 드디어 9월에 시작된다는 군요. 장위엔 감독 역시 신작 촬영에 들어가는데, 촬영감독이 한국의 촬영감독이라고 합니다.

올해 아시아영화펀드 지원작도 심사와 선정 작업을 마무리 지었습니다. 지난 4월 30일에 지원작 접수를 마감한 뒤 분야별로 심사와 선정을 했습니다. 인큐베이팅펀드 선정회의는 6월 3일(아시아)과 6월 9일(한국, 아시아 재외동포)에, 후반작업지원펀드 선정회의는 5월 31일(한국)과 6월 3일(아시아)에, 다큐멘터리펀드 Asian Network of Documentary Fund, AND 선정회의는 5월 23일부터 6월 7일까지 진행했습니다. 그 결과 인큐베이팅펀드 지원작은 한국 3편, 아시아 4편을 선정했고, 후반작업지원펀드 지원작은 아시아 3편, 한국 2편, 다큐멘터리펀드 지원작은 총 13편을 선정했습니다. 상세한 내용은 조만간 발표될 것입니다. 그동안 아시아영화펀드의 지원을 받아 완성된 작품들은 국내외 여러 영화제에서 호평을 받거나 수상을 하는 등 좋은 성과를 거두어 왔습니다. 올해 지원작들도 좋은 성과를 거둘 수 있을 것으로 기대합니다. 특히, 이들 중 몇몇 작품은 올해 우리 영화제에서 관객에게 선을 보일 수 있을 것입니다. 향후에는 이들 작품의 배급 시스템을 구축하는 것이 우리의 당면 과제입니다. 이미 AND의 경우 해외의 여러 다큐멘터리 배급망과 긴밀한 협조 체제를 구축하기 시작했습니다.

이처럼 영화제 프로그래밍과 초청 분야의 진행 과정은 매우 순조롭습니다. 다만, 정부의 영화제 지원예산이 3억 원 깎인 데다, 월드컵 때문에 기업 스폰서 유치가 예년에 비해 어려워서 긴축 운영을 다각도로 시행하고 있습니다. 이미 공언한 대로 작품 초청 편수도 300편 내외로 줄일 예정입니다. 그래서 올해는 관객으로 하여금 '선택의 폭을 넓히기보다는 선택을 쉽게 할 수 있도록' 유도하려고 합니다. 그리고 가급적 부산시의 추가 지원을 받지 않고 자체적으로 어려움을 극복하려고 합니다. 전체 스태프들의 분위기는 좋습니다. 모두가 자신감에 차 있고, 이제는 웬만한 어려움에도 흔들리지 않습니다. 단언컨대 올해 우리 영화제의 위상은 한층 더 업그레이드될 것입니다. 이미 세계 최초로 공개될 놀라운 수준의 작품들을 많이 확보해 두었기 때문입니다. 관객 여러분이 만나고 싶어 하는 게스트들도 상당수 우리 영화제 참가를 벌써 확정 지었습니다. 라인업과 게스트리스트는 9월 초에 발표됩니다. 궁금하시겠지만, 그때까지만 기다려 주십시오. 다음 뉴스레터에서 다시 찾아뵙겠습니다.

베트남 영화제
10.17~10.23

[출장메모] 어렵게 내디딘 한 걸음... 제1회 베트남영화제

우리 영화제가 끝난 직후 하노이에서 개최된 제1회 베트남국제영화제는 우리 영화제가 여러모로 기술을 전수하고 창설에 힘을 보태 애정을 가지지 않을 수 없는 영화제이다. 나도 2009년 처음 제의를 받은 이래 계속해서 영화제 전반에 대해 자문을 해오고 있었기에 우리 영화제를 치른 직후였지만 한걸음에 달려가 제1회 영화제를 축하하고자 하였다.

또한 이번 영화제에는 영화제 외에 김동호 위원장님의 그간의 활동상을 한눈에 조망할 수 있는 사진전이 열려 우리로서는 그 의미가 더 컸다고 할 수 있겠다.

하지만 안타깝게도 영화제의 주최를 주도한 베트남 정부 문화체육관광부 내의 영화국과 베트남 미디어 간에 잘 협의가 이뤄지지 못해 그것이 영화제 운영에 고스란히 드러나고 말았다. 특히 문화체육관광부의 지나친 간섭으로 모든 영화제 일정이 늦게 결정되었고, 조직이 베트남 미디어, 문화체육관광부로 이원화되어 있어 운영상의 어려움이 적지 않았던 것이다. 자원봉사자도 따로 운영해 혼란을 불러왔고 우리 영화제의 지원으로 베트남어 자막이 서비스되었으나 이 역시 초반에 많은 혼란을 관객에게 노출시키고 말았다.

총 68편을 상영한 프로그램 역시 아직은 좋은 프로그래밍이라고 평가하기는 힘든 편. '영화제가 자국영화 산업 발전에 어떻게 기여하는가?'라는 주제로 열린 세미나에서는 패널보다 베트남 영화인들의 발언이 더 많아 주객이 전도된 듯한 느낌도 있었다.

하지만 이렇게라도 한 발 나아가는 것이 아무것도 하지 않는 것보다는 낫다는 위로를 스스로에게, 그리고 또 동료들에게 거듭하여 하였다. 칸, 베니스, 베를린영화제 집행위원장들과 프로그래머들 역시 이번 영화제에 참석하여 베트남영화제에 힘을 실어주었다. 사실 내년에 개최가 가능할지부터 불투명한 상황이지만 내년 개최가 가능하다면 12월쯤에 호찌민 근교 휴양지 나짱으로 이동해 개최하는 것이 어떤가 하는 이야기를 끝으로 우리는 다음을 기약하며 헤어졌다.

2011

[출장메모] 마켓에 가려 존재감 옅어지는 영화제

올해 홍콩영화제의 가장 큰 특징은 로저 가르시아Roger García가 신임 집행위원장으로 부임했다는 것이다. 로저 가르시아는 홍콩영화제를 2004년부터 주관하고 있는 홍콩영화제소사이어티Hong Kong International Film Festival Society Limited의 이사로 재직 중이다. 한마디로 창립 멤버인 것이다.

조니 토의 〈단신남녀Don't Go Breaking My Heart〉, 리 위의 〈관음산Buddha Mountain〉, 이와이 슌지Shunji Iwai의 〈뱀파이어〉Vampire 등을 감상했고, 파이브 스타의 에이미, 아스트로의 덩리옌, 일본의 교코 단, 타이완의 장산링, 베트남의 빅 한 등의 친구들과 만나 서로의 안부를 묻고 자국영화의 동향을 공유하였다.

여전히 홍콩영화제는 마켓에 가려 존재감이 심하게 하락하고 있었다. 게다가 상근 직원 없이 매번 새로운 직원들로만 조직이 꾸려지는데, 운영 노하우가 전혀 전수되고 있지 않은 듯하다. 하지만 마켓에는 여전히 중국시장에 대한 기대를 가지고 방문하는 전 세계의 영화인들이 늘어나고 있다. 어마어마한 물가 덕에 다들 불만이 많지만 말이다.

제1회 베이징국제영화제Beijing Internaional Film Festival(이하 '베이징영화제')는 중국정부 광전광파국과 베이징시가 주최하고 있지만 실질적으로는 보나필름그룹Bona Film Group Limited의 위동Yu Dong 회장이 주도하여 만든 행사이다. 기존의 베이징 스크리닝, 베이징대학생영화제Beijing College Student Film Festival, 베이징청소년공익영화제Beijing Youth Film Festival, 베이징민족영화제 등을 하나로 모으고, 베이징필름마켓과 베이징파노라마 등의 행사를 신설해 영화제의 규모는 꽤나 크다고 할 수 있다.

하지만 첫 회라는 것을 감안하고서라도 영화제 운영이 여러 부분에서 많은 문제를 드러냈다. 개막식에는 개막작이 없었으며, 참가 영화인도 별로 없는 썰렁한 행사로 끝나고 말았다. 세계 주요 영화제 집행위원장을 초청하여 가진 포럼 역시 별 내용이 없는 행사였고, 마켓은 혼란 그 자체였다. 다만, 빛의 속도로 성장하고 있는 중국 영화산업만큼은 주목해야 할 것으로 보인다.

[뉴스레터] 영화제와 주변 환경의 관계에 대해 생각하다 - 2011년 3호(2011년 5월 30일 자)

어느덧 5월을 넘기고 있습니다. 이제 올해 부산영화제도 4개월 정도밖에 남지 않았습니다. 5월 한 달간 저에게는 지난 칸영화제 출장이 가장 큰 일이었습니다. 아무래도 전 세계에서 가장 많은 영화인과 작품들이 모이는 곳이다 보니 프로그래밍에 있어 가장 중요한 일정이 될 수밖에 없는 곳입니다.

올해도 칸 상영작 외에도 새로운 좋은 작품들을 많이 골라왔고, 그중에는 미공개 작품들도 많습니다. 그리고 많은 미팅이 있었는데요, 그중 몇 가지만 간추려 보면 다음과 같습니다. 영화 DB 사이트로서는 가장 권위가 있는 IMDB와의 만남이 있었습니다. IMDB의 요청은 부산영화제에 출품되는 모든 작품들의 정보를 공유하자는 것이었습니다. 대신 IMDB는 우리 영화제 홍보를 해주고, 출품작 등록 플랫폼을 제공해 주겠다는 것입니다. IMDB의 입장에서는 특히나 아시아영화에 관한 가장 광범위한 DB를 우리 영화제가 가지고 있다는 판단을 했고, 때문에 저희에게 공조를 의뢰한 것입니다. 저희는 자체적으로 개발한, 최근 한층 업그레이드된 온라인 출품신청 시스템이 있기 때문에 IMDB가 제공하는 플랫폼을 굳이 필요로 하지는 않지만, 영화제 홍보와 출품작 숫자를 공인받는다는 점에서는 긍정적인 부분이 많다고 판단하고 있습니다.

올해 우리 영화제의 영문 데일리는 예년과 마찬가지로 《할리우드 리포터》가 담당하기로 했습니다. 한편, 칸에서 만난 《스크린 인터내셔널Screen International》의 마이크 굿리지Mike Goodridge 편집장은 부산영화제 특별판에 대해 매우 의욕적으로 의견을 제시했습니다. 그는 부산영화제가 영화제의 역할과 미래 비전에 대해 주도적인 변화를 이끌고 있다는 점에 대해 높이 평가했습니다.

인도의 뭄바이영화제와의 만남도 의미 있었습니다. 뭄바이영화제는 인도 굴지의 재벌그룹의 자회사이자 거대 제작, 배급사인 릴라이언스 그룹이 전폭적으로 지원하는 영화제로 우리 영화제와는 공조 관계를 유지하고 있는 영화제이기도 합니다. 이 영화제의 스리니바산 나라야난 집행위원장은 인도영화 산업계의 거물이기도 합니다. 해서, 우리 영화제에 주요 인도영화인들의 초청을 많이 도와주고 있습니다. 발리우드의 황제라 불리는 제작자 야쉬 초프라와 배우 아이쉬와라 라이, 아비쉑 밧찬Abhishek Bachchan 등이 우리 영화제를 찾을 수 있었던 것도 나라야난의 도움이 결정적이었습니다. 이번 만남에서 나라야난은 올해 뭄바이영화제에서 부산영화제가 추천하는 아시아영화를 소개하는 특별 프로그램을 제안해 왔습니다. 지난해에는 베니스영화제 추천작을 상영한 바 있다고 합니다.

칸에서 다시 한 번 절감한 것은 영화제 주변의 환경입니다. 칸이 지존의 자리를 유지하는 것은 칸영화제 자체의 힘도 있지만, 주변 환경의 힘 또한 크기 때문입니다. 이를테면 전 세계 예술영화, 작가영화가 유럽을 중심으로 제작, 배급되고 각국 정부들 차원에서도 이를 적극 후원하고 있습니다. 이러한 주변 환경은 동시대 주요 감독들의 신작이 칸에 몰릴 수밖에 없는 환경을 제공합니다. 특히, 와일드 번치Wild Bunch, 셀룰로이드 드림Celluloid Dreams, MK2, 까날플뤼Canal Plus, 메멘토필름스Memento Films, TF1 인터내셔널TF1 International, 와이드 매니지먼트Wide Management 등 쟁쟁한 배급사/세일즈 에이전트회사들이 프랑스 회사들이며, 이들은 칸영화제와 긴밀한 관계를 유지하고 있습니다. 프랑스 정부의 경우 자국 영화뿐만 아니라 해외 예술영화 제작지원을 하는 펀드(주로 아시아, 아프리카, 중남미, 중동지역)를 두 개나 운영하고 있습니다. '폰즈 시드Fonds Sud'와 'AFLE 펀드Aid for Foreign Language Films'가 그것입니다. 1984년에 만들어진 폰즈 시드는 그동안 70여 개국 500여 편의 영화제작을 지원했고(지원 금액은 약 5,500만 유로), 1999년에 만들어진 AFLE 펀드는 120여 편의 작품에 1,400만 유로를 지원했습니다. 지난해 칸영화제 황금종려상 수상작인 아피찻퐁 위라세타쿤의 〈엉클 분미〉도 폰즈 시드의 지원을 받은 작품입니다. 프랑스 정부는 내년에 이들 두 펀드를 대체하여 규모가 더 큰 펀드를 론칭한다고 합니다.

'월드 시네마 에이드World Cinema Aid'라는 이름의 이 펀드는 기존 폰즈 시드와 AFLE 펀드의 연간 지원액 360만 유로의 두 배 가까운 600만 유로를 연간 지원액으로 사용할 예정입니다. 우리 부산영화제도 아시아영화펀드를 운영하고 있지만, 프랑스와의 차이점은 저희 아시아영화펀드는 순수 민간기업이나 대학의 도움으로 운영되고 있다는 점입니다. 또한, 한국을 포함한 아시아의 예술영화 배급창구 역시 매우 열악합니다. 저희가 가장 고민하는 부분이 바로 이것입니다. 저희가 프로젝트 마켓, 필름마켓, 온라인 스크리닝 시스템 등을 만든 이유가 바로 여기에 있습니다.

앞으로 저희가 해야 할 일 또한 산적해 있습니다. 올해 우리 영화제 전용상영관 '영화의전당'(부산영상센터의 새 이름)을 오픈하면서 이에 관한 새로운 계기를 만들기 위해 열심히 노력 중입니다. 올해 안으로 몇 가지 가시적인 성과가 나올 것입니다. 이처럼 우리 영화제는 변화를 수용하고 또 변화를 이끌어가는 영화제가 되기 위해 앞으로도 계속 노력할 것입니다.

시네말라야 영화제

07.15~07.22

[출장메모] 규모의 확장 꾀했지만 결과는 글쎄

2005년부터 시작된 시네말라야영화제는 시네말라야영화재단Cinemalaya Foundation Inc.이 매년 신인감독들의 시나리오를 공모하여 10편의 당선작에게 50만 페소의 제작비를 지원하고, 감독 혹은 제작자는 50만 페소의 지원금을 시드머니 삼아 추가

펀딩을 구해 제작을 진행한다. 그리고 그 작품들이 완성되면 매년 7월에 열리는 시네말라야영화제 경쟁부문에 자동 진출한다. 시네말라야의 지원을 받아 데뷔하였거나, 주목을 받은 소위 '시네말라야 키즈'로 아돌포 알릭스 주니어, 아우라에우스 솔리토, 크리스 마르티네즈, 프란시스 파시온Francis Pasion, 제롤드 타로그Jerrold Tarog, 셰론 다욕Sheron Dayoc 등이 있다.

시네말라야영화제는 매년 정부 산하의 필리핀문화콤플렉스의 5개관을 사용해 왔으나, 올해는 마카리 지역의 그린벨트극장 2개관을 추가로 사용하여 규모의 확장을 꾀했다. 그러나 그 둘 사이의 거리가 너무 멀어 그린벨트극장에 가는 게스트는 거의 없었다.

도쿄 필름엑스 11.22~11.27

[출장메모] **압바스 키아로스타미의 일본 촬영 현장 방문 등**

도쿄필름엑스는 올해로 12회째를 맞는 영화제로, 작가영화 중심의 영화제를 표방하고 있다. 올해는 지난해 책정된 안대로 예산이 집행되어 큰 문제가 없었으나, 3·11 대지진의 여파로 내년 예산은 축소가 불가피할 것으로 예상된다.

지아장커를 만나 그의 요즘 작업들에 대한 이야기를 들을 수 있었으며, 벨라 타르에게는 내년 아시아영화아카데미 교장 직을 제안하였다. 또한 현재 그가 설립을 추진하고 있는 영화학교와의 교류도 제안하였다. 내년 2월까지 답을 주기로.

압바스 키아로스타미가 현재 일본에서 제작 중인 신작 〈사랑에 빠진 것처럼Like Someone in Love〉의 촬영 현장 요코하마에도 잠시 방문하였다. 오는 12월 18일 영화의전당에서 상영될 그의 작품 〈클로즈 업Close Up〉의 Q&A와 특강을 위해 부산 방문을 해달라고 요청하였다. 예정대로 12월 10일에 촬영을 종료하게 되면 부산에 오기로 합의하였다.

한편, 아시아의 젊은 영화인 교육 프로그램 '넥스트 마스터스Next Masters'가 올해부터 베를린영화제와 손잡고 명칭을 '탤런트 캠퍼스Talent Campus'로 바꾸고 새 출발 하여 지아장커와 한국의 박기용 감독 등이 멘토로 참가하였다.

2012

[출장메모] 캄보디아, 라오스, 미얀마와의 네트워크 구축

외교통상부가 마련한 한·아세안협력사업 중 한·아세안 영화공동체 프로젝트 참여 차 베트남과 미얀마에 방문하였다.

베트남영화제의 모델이기도 한 우리 영화제에 대해 이야기하는 '부산영화제와 아시아 영화의 흐름'이라는 강연과 함께 베트남과 미얀마의 영화인들과 네트워크를 구축하려는 목적을 가지고 참여하였다. 우리나라에서는 오석근 부산영상위원회 위원장을 필두로 조광희(영화사 '봄' 대표), 노종윤(노비스 엔터테인먼트 대표), 김태균(감독), 이준익(감독), 금성근(부산발전연구원 수석연구원), 라제기(한국일보 기자), 김희국(국제신문 기자) 등이 참여하였고 해외 참가자로는 브리시오 산토스Briccio Santos(필리핀 영화개발위원회The Film Development Council of the Philippines 위원장), 세드릭 엘로이Cedric Eloy(캄보디아영상위원회Cambodia Film Commission 위원장), 마이클 레이크Michael Lake(파인우드 말레이시아 스튜디오 Pinewood Iskandar Malaysia Studios 대표), 워라비타 세바손Worabita Sebasson(태국필름오피스Thailand Film Office), 우볼반 수차리타콘 Ubulban Sucharitakul(태국필름오피스), 봉차오 피시트Bongchao Pisit(라오스 문화정보부 영화국Ministry of Information, Culture and Tourism) 등이 함께 참여했다.

베트남 - 2010년 부산영화제의 도움으로 시작된 베트남 영화제가 올해 10월에 2회 행사를 개최할 예정이나 라이 반 신영화국 국장이 영화국 직원의 횡령사건으로 업무 정지 상태여서 앞으로 상황을 지켜봐야 할 듯하다.

미얀마 - 미얀마는 영화국 뿐 아니라, 영화인, 영화과 교수, 학생 등이 행사에 대거 참여해 뜨거운 열기를 보여줬다. 영상위원회가 생각보다 빠른 시간 내에 건립될 것으로 보이고, 최근 미얀마 정부가 개방정책을 펴기 시작하면서 미얀마 영화산업도 해외와의 교류에 적극적인 관심을 보이고 있다.

그 외

1 라오스 봉차오 피시트 영화국 국장도 같은 언어권인 태국과 협력하여 라오스에 영상위원회를 설립하기로 결정

2 지난해 부산영화제와 아시아영화정책포럼에 참가했던 멍 묘 민트Myo Myint Mung 미얀마 영화국 국장은 올해도 부산영화제 참가 예정

3 세드릭 엘로이 캄보디아영상위원회 위원장은 12월에 열리는 캄보디아국제영화제에 도움 요청

4 브리시오 산토스 필리핀영화개발위원회 위원장은 시네말라야영화제의 성공에 힘입어 오는 5월에 지역영화를 위한 별도의 영화제를 추진 중. 본인에게 심사위원 요청.

5 영화산업이 미약해서 그동안 부산영화제와의 교류가 부진했던 라오스, 캄보디아, 미얀마 등과 적극적인 네트워크 구축이 가능해질 예정

[뉴스레터] 아시아의 신생 영화제들을 돕다 - 2012년 2호(2012년 6월 4일 자)

지난 5월 15일부터 11일간 칸영화제 출장을 다녀왔습니다. 아시아영화의 경우 저와 조영정 프로그래머, 박성호 팀장이 업무 분담을 해서 조영정 프로그래머와 박성호 팀장이 아시아관련 회사와 미팅을 많이 했습니다. 올해는 특히 상대방에서 미팅 요청을 해오는 경우가 많이 늘었습니다. 가을에 나올 신작을 부산에서 소개하고 싶다는 이유 때문이었습니다. 저는 신작을 주로 보면서 새로운 네트워크를 쌓는 데 주력했습니다. 이를테면 《필름인디아Film India》의 편집장 우마 다 쿤하Uma Da Cunha는 칸영화제에 참석중인 20여 명의 젊은 인도 영화제작자, 감독들을 한자리에 모아 저에게 소개시켜 주었습니다. 지난 몇 년간 필리핀의 젊은 독립영화인들이 두각을 나타냈다면, 최근 들어서는 인도 독립영화의 활약이 두드러집니다. 필리핀과 유사한 점은 기존의 영화산업 중심지와 거리가 먼, 지역영화의 성장이 새로운 변화를 이끌고 있다는 것입니다. 이들 젊은 영화인들과 대화를 나누고 그들의 신작 DVD를 받아두었습니다.

제가 칸에서 했던 미팅 중 중요한 건이 또 하나 있습니다. 아시아 지역에서의 새로운 국제영화제의 탄생이 그것입니다. 부산은 국내외의 여러 영화제와 협조 관계를 유지해 오고 있습니다. 특히, 신생 영화제의 경우 저희의 도움을 필요로 하는 곳이라면 무조건 응해 왔습니다. 블라디보스토크영화제, 오키나와영화제, 하노이영화제 등이 출범할 때도 영화제 운영의 노하우 전수와 네트워크 공유를 통해 긴밀한 협조 관계를 유지해 왔습니다. 올해는 두 개의 새로운 국제영화제가 탄생하며, 이들 새 영화제와 우리 부산영화제 간 긴밀한 교류 관계를 유지하기로 했습니다.

먼저, 말레이시아국제영화제Malaysia International Film Festival(이하 '말레이시아영화제'). 말레이시아는 최근 들어 호유항, 탄추이무이, 리우성탓Seng Tat Liew, 우밍진Ming Jin Woo 등 독립영화 감독들의 활약이 두드러진 곳입니다(이들 대부분은 부산을 기점으로 세계적으로 주목받는 감독으로 성장했다는 공통점이 있습니다). 이곳 말레이시아에도 국제영화제가 있기는 합니다. 쿠알라룸푸르국제영화제Kuala Lumpur International Film Festival(이하 '쿠알라룸푸르영화제')가 그것입니다. 매년 11월에 열리는 쿠알라룸프르영화제는 지난 2009년에 창설되었지만, 그동안 좋은 평가를 받지 못했습니다. 결국 말레이시아영화진흥위원회National Film Development Corporation Malaysia는 새로운 국제영화제를 창설하기로 하고, 홍콩에서 활동 중인 말레이시아 출신의 제작자 로나 티, 《뉴욕타임스New York Times》에 기고하는 말레이시아 출신의 영화평론가 데니스 림Dennis Lim을 집행위원장으로 영입하여 말레이시아영화제를 창설하기로 한 것입니다. 칸에서 말레이시아영화진흥위원회는 리셉션을 열고 말레이시아영화제의 창설을 공식적으로 알렸습니다. 로나 티는 저에게 말레이시아영화제의 국제자문위원을 맡아달라는 요청을 했고, 저는 이를 수락했습니다. 그리고 별도의 미팅을 갖고 말레이시아영화제의 성공적 론칭을 위한 여러 가지 논의를 했습니다.

또 하나는 타지키스탄국제영화제Tajikistan International Film Festival(이하 '타지키스탄영화제')입니다. 중앙아시아에 위치한 타지키스탄에는 영화관이 단 한 곳밖에 없으며, 장편극영화 제작도 몇 년에 한 편이 고작입니다. 그런데도 이곳 타지키스탄에 영화제를 창설하기로 한 것은 부산과의 인연 때문이기도 합니다. 지난 2009년 장편데뷔작 〈윗마을 아랫마을 그리고 국경선True Noon〉을 부산영화제의 뉴 커런츠 부문에서 처음으로 선보였던 노시르 사이도프Nosir Saidov 감독이 그 인연의 주인공입니다. 노시르 사이도프 감독은 당시 부산영화제에 깊은 인상을 받았고, 자국에도 국제영화제를 만들어 타지키스탄의 영화산업과 영화문화에 새로운 전기를 만들겠다고 결심합니다. 그리고 마침내 그는 타지키스탄 영화계의 수장이 되었고, 새 국제영화제의 창설을 주도하고 있습니다. 그는 부산영화제에 도움을 요청했고, 저희는 가능한 모든 방법을 동원하여 도움을 줄 예정입니다.

지난 2010년 창설한 베트남영화제Vietnamese International Film Festival는 올해 2회를 열기로 확정했습니다. 영화제 이름도 하노이국제영화제Hanoi International Film Festival(이하 '하노이영화제')로 바뀌었습니다. 다만, 창설 멤버들이 대거 이탈하여 1회 때의 소중한 경험이 얼마나 잘 전달되었을지 우려가 되기도 합니다. 하노이영화제 역시 창설 당시 부산영화제가 적극적으로 도움을 준 바 있습니다. 여러 명의 스태프들이 부산영화제에서 인턴으로 일하면서 경험을 쌓았고, 자막 시스템의 노하우도 무료로 전수한 바 있습니다.

이들 세 영화제는 모두 10월 말과 11월 사이에 열릴 예정입니다. 이 기간이면 우리 부산영화제가 끝난 직후인데, 저는 이 기간에도 계속 바빠질 것 같습니다.

저희가 이들 영화제를 돕는 이유는 간단합니다. 영화제 간에 경쟁이 불가피하기도 하지만, 기본적으로는 같은 길을 가는 동료이기 때문입니다. 인력과 장비, 경험을 공유하고, 또 때로는 과다한 상영료를 요구하는 세일즈사들의 요구에 공동 대응도 해야 합니다. 물론, 가끔 이해하기 힘든 오해를 받기도 하지만, '상호협조와 공존'은 영화제 간에 지켜야 할 중요한 가치입니다. 저희는 올해 부산영화제 준비에 정신없이 바쁘지만, 그럼에도 아시아의 신생 영화제들을 돕는 일은 기꺼이 계속 할 것입니다. 부산영화제의 준비 상황에 대한 구체적인 보고는 다음 뉴스레터를 낼 때쯤이면 본격적으로 시작될 것 같습니다. 저는 6월 한 달에만 카자흐스탄, 일본, 필리핀을 다녀올 예정입니다.

신나는 소식 가지고 다음 뉴스레터에서 뵙도록 하겠습니다. 좋은 하루 보내십시오. 감사합니다.

[뉴스레터] 미지의 중앙아시아 영화들을 찾아서 - 2012년 3호(2012년 7월 6일 자)

지난 6월 8일부터 5일간 카자흐스탄 알마티 출장을 다녀왔습니다. 4년 만의 방문입니다. 카자흐스탄은 물론 중앙아시아의 신작들을 찾는 것이 첫 번째 목적이었습니다. 카자흐스탄에서 여타 중앙아시아 국가들의 신작들을 구할 수 있는 것은 카자흐스탄이 중앙아시아영화의 중심 역할을 하고 있기 때문입니다. 카자흐스탄을 중심으로 중앙아시아간 합작영화도 꽤 만들어지고 있습니다. 이번 출장에서는 카자흐필름스튜디오Kazakhfilmstudios는 물론 유라시아필름프로덕션Eurasia Film Productio, MG프로덕션MG Production, 키노프로덕션Kino Production, 달동가르프로덕션Tardongar Production 등 민간 제작사들과 라쉬드 누그마노프Rashid Nugmanov, 아미르 카라쿨로프Amir Karakulov, 에르멕 쉬나르바예프Ermek Shinarbayev, 잔나 이사바예바Zhanna Issabayeva 등의 주요 감독들도 만났습니다. 그 결과 훌륭한 신작들을 고를 수 있었습니다.

또 하나의 중요한 목적은 향후 부산영화제가 수년간에 걸쳐 재조명하고자 하는 중앙아시아(카자흐스탄, 우즈베키스탄, 타지키스탄, 투르크메니스탄, 키르기스스탄)와 남 코카서스 지역(아제르바이잔, 조지아, 아르메니아)의 숨겨진 걸작과 잊힌 거장에 관한 리서치 때문이었습니다. 부산영화제는 지난 2000년 국내에서는 처음으로 '중앙아시아영화 특별전'을 연 바 있습니다. 당시 국내에서는 생소했던 중앙아시아 영화들은 관객들에게 신선한 충격을 안겨준 바 있습니다. 하지만 당시 특별전은 말 그대로 '중앙아시아영화의 개괄'과 같은 프로그램이었습니다. 그로부터 10년이 더 지난 지금, 이제는 말 그대로 '미지의 중앙아시아 뉴웨이브Unknown Central Asian New Wave' 영화를 찾는 대장정을 시작하려는 것입니다. 이 지역에는 그동안 간헐적으로 소개되었거나, 전혀 해외에 소개되지 않은 많은 거장 감독들이 있습니다. 우즈베키스탄의 알리 캄라예프Ali Khamrayev(지난해 부산영화제 특별전에서 1972년작 〈일곱 번째 총탄The Seventh Bullet〉)이 소개된 바 있습니다, 슈크랏 압바소프Shukhrat Abbasov 등은 놀라운 영화미학을 보여주었던 감독들입니다. UN에서 서아시아로 분류하고 있는 남 코카서스 지역 역시 카자흐스탄과 가까워서 교류가 잦은 지역입니다. 조지아의 경우 영화사상 가장 독창적인 영화미학을 구축했던 세르게이 파라자노프Sergei Parajanov와 오타르 이오셀리아니Otar Iosseliani, 레조 치크하이드체Rezo Chkheidze 등 그야말로 쟁쟁한 거장 감독들을 배출한 나라입니다. 이들과 함께 해외에 거의 알려지지 않은 이 지역의 뛰어난 감독과 작품들을 찾을 예정입니다.

이번 방문에서 카자흐스탄의 또 한 명의 중요한 감독 라쉬드 누그마노프Rashid Nugmanov를 만난 것 역시 매우 의미가 깊었습니다. 1993년 구소련연방이 해체되는 혼란스러운 시기에

미처 개봉하지 못했던 숨은 걸작 〈와일드 이스트The Wild East〉를 일부 볼 수 있었기 때문입니다. 〈7인의 사무라이〉와 〈매드맥스〉를 섞어놓은 듯한 이 작품의 독특한 분위기는 가히 컬트 영화의 반열에 오를 것으로 확신합니다. 라쉬드 누그마노프는 〈와일드 이스트The Wild East〉를 연말쯤 개봉할 계획을 세우고 있었습니다.

저는 구소련 시절 게라시모프영화학교Gerasimov Institute of Cinematography(이하 'VGIK')에서 수학했던 러시아와 중앙아시아의 몇몇 평론가, 학자들과 이 프로젝트에 대해 많은 이야기를 나누었습니다. 또한, 러시아의 블라디미르 드미트리예프Vladimir Dmitriev와 더불어 구소련 시절의 영화 사료에 관한 한 가장 중요한 수집가로 평가받는 카자흐스탄의 멘타이 우테프베르게노프Mentai Utepbergenov를 만난 것도 큰 수확이었습니다. 그의 집을 방문하여 그가 수십 년간 수집한 방대한 양의 영화포스터와 영화 우표, 엽서, 스틸사진, 무성영화 시절 소형축음기 등을 직접 눈으로 확인했습니다. 특히, 구소련 시절 드로잉을 바탕으로 만들어 졌던 영화포스터는 그 아름다움에 완전히 매료되고 말았습니다.

부산영화제는 중앙아시아와 남 코카서스 영화를 새롭게 조명하는 프로그램을 올해부터 시작합니다. 그 첫 프로그램은 이미 상당 부분 준비가 진행되었고, 7월 안으로 그 윤곽을 발표

할 것입니다. 알마티에서 돌아온 지 얼마 되지 않았지만, 벌써

지하실에서 소장 포스터를 보여주는
수집가 멘따이 우테프베르게노프

그곳이 그리워집니다. 유난히 많은 도심 속 나무들, 여유로운 거리, 멘타이 우테프베르게노프 씨의 집에서 먹었던 카자흐스탄 식 만두인 '만띠', 그리고 무엇보다도 순수하고 친절한 사람들을 떠올리면 지금도 절로 기분이 좋아집니다. 풍성한 프로그램을 만들고 왔다는 것도 그러합니다.

저는 도쿄를 거쳐, 마닐라와 다바오, 타이베이, 그리고 다시 마닐라를 잇는 마지막 출장을 남겨놓고 있습니다. 한 해 농사 마무리를 잘하고 다시 여러분을 찾아뵙겠습니다. 감사합니다.

타이베이 영화제
07.06~07.13

[출장메모] 타이완영화는 부활 중

타이베이영화제는 타이완영화 신작을 보는 영화제로서 참가의 의미가 있는 영화제라 할 수 있다. 타이완영화는 지난해 자국영화의 시장점유율 20%를 기록하고 제작편수도 50편 이상을 기록하는 등 뚜렷한 부활의 조짐을 보이고 있는 가운데, 올해의 경우도 제작편수가 대폭 늘 것으로 전망된다. 하지만 늘어나는 편수에 비해 전문 인력의 절대 부족으로 질 저하에 대한 우려도 높다.

그런 가운데 쉬자오런Hsu Chao Jen의 〈17세의 꿈Together〉과 시에춘위Chun-Yi Hsieh의 〈수교궤량Unpolitical Romance〉, 장영치

Jung-Chi Chang의 〈터치 오브 라이트Touch of the Light〉 등 주목할 만한 신인 감독이 눈길을 끌었다. 중견감독의 경우 장초치 감독은 〈쿠치의 여름A Time in Quchi〉을 촬영 중이고, 린청셩Cheng-Sheng Lin 감독은 지난해 APM 프로젝트였던 〈27도 로프록스27°C: Loaf Rock〉의 촬영을 11월에 시작할 예정이라고 한다. 허우샤오시엔 감독은 여전히 〈자객 섭은낭〉의 시나리오를 다듬고 있는 중이라고.

[출장메모] 타이페이 시내 한복판의 문화지구

대만은 과거 일본이 지배했던 지역이라 일본문화의 영향이 많이 남아있습니다. 3, 40년대에 건립되었던 타이페이시내 한복판의 담배공장과 맥주공장은 일본의 철수 뒤, 오랫동안 방치되었습니다.

물론, 각종 이권단체, 정치인들, 기업들이 이 담배공장과 맥주공장 부지를 쇼핑센터나 아파트로 재개발하려고 엄청난 로비와 압박을 가했지만 중앙정부와 시정부는 이를 잘 지켜냈고, 이 지역을 문화지구로 지정하기에 이릅니다. 담배공장 부지는 '송산문창원구'로 지정되어 리노베이션을 끝내고 지난 해 10월에 개관을 하였습니다. 맥주공장 부지는 '화산 1914'로 지정되어 현재 리노베이션 중입니다. 올 가을에 개관할 예정이며,

허우샤오시엔 감독의 제작사가 운영을 맡을 예술영화 전용관 2개관도 포함되어 있습니다. 도심 한복판에 숲과 연못이 있는 이 두 문화지역은 패션쇼, 디자인비엔날레, 북페어 등 각종 문화행사가 연중 열리고 있거나 열릴 예정입니다. 또한, 고풍스러운 카페, 책방, 기념품 숍 등이 들어서서 환상적인 분위기를 자아냅니다. 한마디로 '부럽다' 는 거지요. 우리 영상센터가 디자인이나 규모로는 압도적이지만, 아기자기한 맛은 아직 부족하죠. 앞으로 우리 영상센터 주변을 어떻게 가꾸어 나가야 할 것인가를 고민하고, 또 교훈을 주는 사례라 사진 몇장을 올려봅니다.

송산문창원구 건물의 야간전경

(위) 역시 각종 이벤트가 가능한 단지내 오픈 공간

(아래) 실내 이벤트 공간

화산 1914의 야간정경

(위) 넝쿨로 가득한 공장건물. 현재 이벤트 공간으로 개조 중

(아래) 고풍스러운 복도. 오른 쪽에는 카페와 샵이 이미 영업 중

2013

[뉴스레터] 세계 문화 교류 측면에서의 부산영화제의 역할 - 2013년 1호(2013년 2월 13일 자)

새해 들어 첫 글이네요. 저희는 지난해 영화제 결산을 마무리하고 올해 영화제 개최계획과 예산안 편성을 진행 중에 있습니다. 2월 말에 있을 정기총회에서 개최계획안과 예산안을 확정 지을 예정입니다. 그에 앞서 저희는 대대적인 조직개편을 했습니다. 조직 내 부서는 거의 변동이 없지만, 인사이동을 대폭 했습니다. 대폭적인 인사이동을 통해 각오를 새롭게 다지고, 우리 스태프들의 역량을 배가시키기 위해서입니다. 그런 가운데서도 올해 영화제를 위한 프로그래머들의 출장은 이미 시작되었습니다. 선댄스영화제Sundance Film Festival를 시작으로 로테르담영화제International Film Festival Rotterdam(이하 '로테르담영화제'), 베를린영화제에 출장을 가서 열심히 신작들을 보고, 관계자들과 미팅을 하고 있습니다.

저는 지난 1월 11일부터 15일까지 일본 출장을 다녀왔습니다. 요코하마에서 열린 창조도시 아시아 네트워크 심포지엄에 참가했습니다. 이 행사는 일본에서 창조도시의 선구자로 평가받는 요코하마시가 아시아 각 지역의 창조도시들과 네트워크를 구성하고, 서로의 경험을 공유하는 한편 미래의 발전방향에 대해 논의하는 자리였습니다. 구체적으로는 각 창조도시들의 성공사례에 대해 발표하고, 이에 대해 토론을 했습니다. 타이베이의 죽위공작실Bamboo Curtain Studio, 상하이의 외탄미술관 Rockbund Art Museum, 요코하마의 뱅크아트BankART Studio NYK, 싱가포르의 국립유산재단The Heritage Foundation, 그리고 한국의 광주비엔날레와 부산영화제가 각각 사례 발표를 했습니다.

특히, 양계장을 개조하여 문화예술 워크숍, 전시공간으로 발전시킨 죽위공작실의 사례는 저에게 큰 감동을 주었습니다. 기조발제를 맡았던 쓰바키 노보루Noboru Tsubaki 교수는 사찰을 예술창작공간으로 만드는가 하면, 올리브와 일본의 전통방식의 간장 생산지로 유명한 쇼도섬을 예술인들의 창작과 예술행사의 공간으로 만드는 '쇼도섬 장의 마을' 프로젝트를 진행하고 있어 인상적이었습니다. 쇼도섬은 일본영화 중 '베스트 10'에 늘 들어가는 기노시타 게이스케Keisuke Kinoshita의 걸작 〈24개의 눈동자Twenty-Four Eyes〉의 촬영지로도 유명합니다.

저는 '부산은 어떻게 영화도시가 되었나'라는 주제로, 부산영화제의 탄생을 기점으로 부산이 걸어왔던 영화도시 구축의 전략과 미래비전에 대해 설명했습니다. 제가 이 행사에 초대된 것은 이번 행사의 기획을 맡았던 요시모토 미쓰히로Mitsuhiro Yoshimoto NLI 리서치연구소NLI Research Institute 책임연구원과의 인연 때문이었습니다. 수년 전 일본정부 문화청에서 부산영화제에 관한 보고서를 작성한 적이 있는데, 당시 저를 인터뷰했던 분이 바로 요시모토 미쓰히로 씨였습니다. 저는 개인적으로 타 도시들의 성공 사례에서 많은 것을 배울 수 있었고, 우리 영화제에 당장 응용이 가능한 아이디어를 많이 얻을 수 있었습니다.

이처럼 부산영화제는 한국과 세계의 문화 교류의 역할을 점차 확대해나가고 있습니다. 과거 베트남영화제, 오키나와영화제, 블라디보스토크영화제의 출범에 자문을 했었고, 미국 오렌지카운티에서 열리는 '부산-웨스트영화제BUSAN WEST Film Festival'(3월 8일~10일)는 물론 베를린영화제 포럼과는 한국의 고전영화를 지속적으로 소개하는 데 협업을 하기로 한 바 있습니다. 올해는 그 첫 행사로, 포럼에서 안종화 감독의 1934년 작 〈청춘의 십자로〉 상영과 변사공연을 열기로 했습니다. 이 공연은 특히 서구의 관객들에게 깊은 인상을 남길 것으로 기대됩니다.

마지막으로, 지난 1월에는 우리 부산영화제와 관련하여 기분 좋은 소식들이 많이 들려왔습니다. 특히 아시아의 독립영화를 지원하고 작가를 발굴하고자 하는 저희의 노력이 의미 있는 성과를 계속 거두고 있습니다. 지난해 ACF 후반작업 지원펀드 지원작인 〈지슬〉의 선댄스영화제 심사위원대상 수상을 비롯하여, 〈만개한 벚꽃나무 아래에서Cold Bloom〉, 〈1999, 면회〉, 〈어머니의 머리짐On Mother's Head〉, 〈전기도둑Powerless〉, 〈도시를 달리다Running in the City〉, 〈차르...국경 위의 섬CHAR... the island within〉, 〈경계에 서다Where Your Boundaries Are〉 등 많은 ACF 지원작들이 선댄스, 로테르담, 베를린영화제에 초청되는 성과를 거두었습니다. 또한, 〈36〉, 〈I.D〉, 〈카얀Kayan〉, 〈러시안 소설The Russian Novel〉, 〈일본의 비극Japan's Tragedy〉, 〈온화한 일상

Odayaka〉, 〈뒷담화:감독이 미쳤어요〉, 〈가시꽃〉, 〈명왕성〉, 〈빛의 손길Touch of the Light〉 등 부산에서 처음 소개된 많은 아시아의 수작들, 그리고 APM을 통해 완성된 작품들이 선댄스, 로테르담, 베를린영화제에 초청되기도 했습니다. 지금 제 책상 위에는 벌써부터 신작 스크리너들이 쌓여 있습니다. 미지의 작품들도 있고, APM 초청 프로젝트였던 작품들도 있습니다. 오는 10월 제18회 영화제에서 여러분께 선보일 훌륭한 작품들을 고르는 작업은 벌써부터 시작되었습니다. 기대해 주세요.

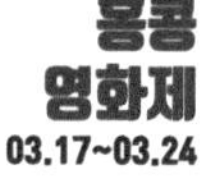

[뉴스레터] 근심, 좌초, 어려움... 이곳저곳의 사정들 - 2013년 4호(2013년 3월 28일 자)

출장지인 홍콩에서 이 글을 씁니다. 저는 홍콩영화제의 제7회 아시아영화상의 심사위원 자격으로 홍콩영화제 출장 중입니다. 홍콩영화제 상영작 중에서 부산영화제 초청작을 고르는 일은 별로 없습니다. 대신 하반기 완성 예정작에 대해 제작자나 세일즈사 등과 미팅을 많이 합니다. 그리고 일부 제작자로부터 막 제작을 끝낸 신작의 DVD도 넘겨받습니다. 올해 아시아영화상의 결과는 제 예상과는 많이 빗나가 조금 뜻밖이었습니다. 아시아영화상의 심사 과정은 심사위원들이 한자리에 모여 다 같이 작품을 보고 토론 과정을 거쳐 정하는 것이 아니라,

주최 측에서 심사위원들에게 부문별 후보작의 DVD를 보내주어서 각자 본 다음에 온라인으로 투표를 하는 방식입니다. 때문에 결과는 심사위원인 저도 시상식 전까지 알 수가 없습니다. 올해 결과는 작품상에 로우예Ye Lou의 〈미스터리Mystery〉, 감독상에 〈아웃레이지 비욘드Outrage Beyond〉의 기타노 다케시, 그리고 남녀주연상은 모두 필리핀 배우들이 받았습니다. 남녀 주연상을 받은 에디 가르시아Eddie Garcia와 노라 아우노르Nora Aunor는 모두 노장배우입니다. 특히, 브릴란테 멘도사의 〈자궁Thy Womb〉에서 주연을 맡았던 노라 아우노르는 최근 병세가 심각해서 주위에서 걱정을 많이 하고 있는데, 이번 수상은 여러모로 뜻 깊은 일이 아닐 수 없습니다.

그리고 이곳에서 여러 영화제의 돌아가는 사정을 알아보기도 합니다. 지난 3월 19일에는 일본영화의 밤 행사가 있었습니다. 지난 2008년에 집행위원장에 임명되었던 톰 요다 씨의 마지막 공식행사였습니다. 도쿄영화제는 메이저회사의 대표들이 돌아가면서 집행위원장직을 맡는 특이한 시스템을 가지고 있는데, 가가사Gaga Corporation의 대표인 톰 요다 씨가 그동안의 임기를 마치고 가도카와Kadokawa Group Holdings Inc.의 시이나 야스시Yasushi Shiina씨가 뒤를 잇습니다. 이날 파티에서는 톰 요다 씨가 시이나 야스시 씨를 소개하는 자리를 가졌습니다. 도쿄영화제는 지난해에 마켓을 오다이바로 옮겼지만, 결과는 좋지 못했습니다. 환경 자체는 좋아졌지만, 영화제가 열리는 롯폰기와 거리가 너무 멀어 영화제와 마켓과의 시너지 효과가 반감되었습니다. 게다가 지난해까지 메인 스폰서였던 도요타자동차가 올해부터 더 이상 후원을 하지 않기로 해서 영화제 재정에도 어려움이 예상됩니다. 때문에 신임 집행위원장인 시이나 야스시 씨는 취임 첫 해에 꽤 어려움을 겪을 것으로 보입니다.

홍콩영화제 역시 지난 몇 년 사이에 변화가 많았습니다. 상승세를 거듭하고 있는 마켓은 과거 영화제와 별도로 열렸었지만 영화제와 같은 기간으로 옮기면서 효과를 톡톡히 보고 있고, 올해로 7회를 맞는 아시아영화상도 영화제의 한 축으로 인정받고 있습니다. 문제는 마켓과 아시아영화상의 그늘에 가려 오히려 영화제의 존재가 희미해지고 있다는 점입니다. 과거 홍콩영화제는 중국의 5세대 영화를 처음 소개하면서 명성을 떨쳤지만 홍콩이 중국에 반환된 이후 우여곡절을 겪었고, 언론이나 홍콩영화계가 마켓과 아시아영화상에 더 깊은 관심을 보이면서 이런 현상이 생겨나고 있는 것입니다. 3월 18일부터 시작된 마켓이 20일 끝난 뒤 영화제 전체 분위기가 썰렁해 보이는 것도 그 때문입니다. 영화제 상영관 역시 홍콩 시내 곳곳에 흩어져 있어 축제분위기를 집중시키기가 쉽지 않습니다. 저와는 이런저런 속내를 털어놓으며 이야기를 나누는 관계인 홍콩영화제의 수석프로그래머인 제이컵 웡에 따르면 당면한 문제의 속 시원한 해결책을 당장 찾기는 어려워 보입니다.

지난 11월에 첫 문을 열 예정이었던 말레이시아영화제

는 올 3월로 연기되었다가 결국 닻도 올리지 못하고 좌초할 것 같습니다. 정부기구인 말레이시아영화진흥위원회의 요청으로 말레이시아영화제를 준비하던 말레이시아 화교 출신의 홍콩제작자 로나 티와 만나 그간의 속사정을 들을 수 있었습니다. 저는 그녀의 요청으로 그동안 말레이시아영화제의 자문 역할을 해왔었는데, 결과가 이렇게 되어 안타깝기 짝이 없습니다. 자세한 속사정을 다 공개할 수는 없지만, 결국 문제는 관료주의로 귀결됩니다. 그럼에도 홍콩에서 만난 말레이시아의 호유항 감독에 따르면 호유항 자신을 포함하여 탄추이무이, 샬럿 림, 리우성탓 등 젊은 독립영화 감독들이 활발하게 제작활동을 하거나 준비작업을 하고 있습니다. 로나 티와 공감대를 형성했던, 말레이시아의 독립영화와 작가영화를 위한 획기적인 공간을 마련하고자 했던 꿈은 잠시 접게 되었지만, 독립영화인들의 에너지는 여전히 희망을 갖게 합니다.

국내외적으로 많은 영화제들이 이런저런 이유로 어려움을 겪기도 하고, 또 안정적으로 성장을 하기도 합니다. 영화제 주변의 환경변화에 어떻게 적절히 대처하는가, 영화제의 역할에 대해 어떻게 고민하고 미래비전을 어떻게 설정하는가에 따라 위상이 달라지고 있는 것입니다. 홍콩영화제에서 여러 여타 영화제들이 처한 상황을 바라보면서 저 역시 많은 생각을 하게 됩니다.

[뉴스레터] 코르시카 섬을 꿈꾸며 - 2013년 6호(2013년 5월 29일 자)

제66회 칸영화제가 한창 열리고 있는 칸의 숙소에서 이 글을 씁니다. 올해 칸영화제는 짓궂은 날씨 때문에 약간의 어려움을 겪고 있습니다. 저는 개인적으로 칸영화제를 20년 가까이 다녔지만, 올해 날씨가 제일 짓궂은 것 같습니다. 영화제 중반을 지나고 있는 아직도 점퍼를 입고 다니고 있습니다. 예년 같으면 반팔 티셔츠만 입고 다녔을 텐데요. 가끔 퍼붓는 비와 바람도 꽤나 거셉니다.

그럼에도 칸은 여전히 전 세계에서 몰려든 영화인과 기자들로 붐비고, 매일 밤마다 화려한 레드카펫 행사가 이어집니다. 저는 시간 절약을 위해서 영화제 공식 초청작이 상영되는 극장에는 발을 들여 놓지 않습니다. 마켓 상영을 주로 찾아가거나, 세일즈사와의 미팅, 그리고 아시아에서 온 여러 영화인들과 개별적 미팅을 주로 가집니다. 영화제 공식 초청작은 이미 DVD로 받았거나, 어떤 기회로든지 다시 볼 수 있기 때문에 주 관심사가 아닙니다. 마켓 상영도 크게 기대하지는 않습니다. 아무래도 거래가 될 만한 상업영화 중심의 상영이 주를 이루기 때문입니다. 저에게 가장 중요한 일은 세일즈사나 영화인들과의 개별적 만남입니다. 우리 부산영화제가 필요로 하는, 그러나 마켓에서 상영하기에는 조금 버거운 작가영화, 독립영화

내내 일기가 안 좋았던 칸영화제

들, 혹은 칸 마켓에 일정을 맞추지 못한 최신작들, 그리고 하반기에 완성될 주요 작품들에 관한 정보를 취할 수 있기 때문입니다. 평소 메일로도 늘 새로운 소식을 접하지만, 역시 얼굴을 맞대고 이야기를 나누는 것에 비할 바는 아니지요. 막 완성된 작품들 중 특히 뉴 커런츠 부문 후보가 될 만한 작품들은 밤에 숙소로 돌아와 바로 바로 확인합니다. 그리고 '이거다' 싶은 작품을 발견하면 이튿날 바로 세일즈사를 찾아가 담판을 짓습니다. 월드 프리미어나 인터내셔널 프리미어를 확정 짓기 위해서입니다. 그래서 저는 칸 출장을 갈 때 항상 포터블 DVD 플레이어를 가지고 다닙니다. 이처럼 칸영화제는 새로운 작품을 찾고, 영화 비즈니스를 하기에는 최적의 행사입니다. 때문에 비싼 참가비를 마다 않고 칸을 찾는 것이지요.

칸영화제의 저력은 여기서 끝나지 않습니다. 프로그래머 중 한명인 크리스티앙 전Christian Jeune은 데일리와의 인터뷰에서 매년 1,800여 편의 장편영화를 본다고 했습니다. 지금은 전 세계에서 연간 수천 편의 작품이 출품 신청을 하기 때문에 이것이 가능하겠지만, 과거에는 그렇지 않았습니다. 그래서 그들도 과거에는 새로운 작가와 영화를 찾아 발품을 열심히 팔았습니다. 아시아영화의 경우, 일본과 인도영화만이 서구에 알려졌던 1970년대 당시 리노 브로카나 후진취안King Hu을 발굴하여 최초로 서구에 알린 영화제가 바로 칸이었습니다. 지금은 건강 때문에 은퇴 상태인 피에르 뤼시앙Pierre Rissient이 그런 역할을 했던 분입니다. 그는 임권택 감독님이 칸에 소개되는 데에도 중요한 역할을 한 분입니다. 열린 눈과 도전정신, 이것이야말로 영화제가 지녀야 할 중요한 덕목이라 봅니다. 우리 부산영화제도 7명의 프로그래머가 이곳 칸을 포함하여 세계 각국을 돌며 열심히 발품을 팔고 있습니다.

하지만 관객의 입장에서 칸을 보면 조금 다릅니다, 영화제와 마켓의 모든 공식 상영관은 배지를 가진 참가자들로만 채워지고, 관객이 참여할 수 있는 기회는 거의 없습니다. 영화제 기간 동안 각종 파티가 벌어지는 크루아제트 거리 앞의 해변은 유명 호텔들이 임대를 하여 사용하기 때문에 일반인들의 접근 자체가 불가능합니다. 일반인들이 사용할 수 있는 바닷가 공간은 매일 밤 무료 야외상영이 이루어지는 100m 폭 정도의 모래사장이 전부입니다. 관객들은 매일 저녁과 밤 시간에 경쟁부문 초청작이 상영되는 뤼미에르 극장 근처에서 레드카펫을 밟는 스타를 먼발치에서 바라보는 정도에서 만족해야 합니다, 그러니까 칸영화제가 세계에서 가장 권위 있는 영화제임에는 틀림없지만, 관객과 함께 하는 영화제는 아닌 셈이지요. 영화제 배지 발급수가 10,000장이 넘고, 마켓배지 발급숫자는 12,000장이 넘는 규모이기 때문에 어찌할 도리가 없겠지요. 영화제 공식 상영관 외에도 올림피아, 스타시네마, 아케이드 등 여러 극장들이 있지만 마켓 상영 횟수만 1,400회가 넘기 때문에 이마저도 여의치가 않답니다. 결국 지나치게 큰 규모 때문에 관객이 소외

(위) 팔레드페스티발 입구

(아래) 레드카펫 행사를 기다리는 관객과 기자들

되는 역설적인 상황을 보이는 것입니다.

지난 5월 20일에는 이곳에서 한국영화의 밤 행사가 열렸습니다. 올해는 장편경쟁부문에 초청된 한국영화가 없어 약간 아쉽기는 했지만, 한국영화의 밤 행사는 여전히 인기 있는 파티입니다. 베니스, 베를린 등 주요 영화제 관계자들은 물론 지아장커 감독도 참석해 분위기를 달구었습니다. 칸 한국영화의 밤 파티의 명물인 컵라면의 인기는 올해도 여전했습니다.

저는 낮에는 영화 관람과 미팅을, 밤에는 숙소에서 DVD를 열심히 보며 숨은 보석 찾기에 열중하고 있습니다. 박도신, 이수원, 조영정 프로그래머도 밤낮 없이 뛰어다니고 있습니다. 올해도 제 필생의 소원인 코르시카 섬을 여행하는 것은 다음으로 미룰 수밖에 없습니다. 얼마 멀지도 않은 코르시카 섬을 찾는 것이 참 힘듭니다. 지난 20여 년 동안 계속 그랬으니, 앞으로도 그러겠지만 언젠가는 코르시카 섬을 꼭 찾게 되겠지요.

[뉴스레터] 몽골, 방글라데시, 카자흐스탄영화에 주목을 - 2013년 7호(2013년 7월 1일 자)

벌써 6월말입니다. 저는 칸영화제 이후에 카자흐스탄 알마티 출장을 다녀왔고, 도쿄, 타이베이, 마닐라 출장을 앞두고 있습니다.

부산영화제가 아시아영화에 방점을 찍는 영화제이니만큼 새로운 아시아영화 발굴은 변함없는 주요 목표입니다. 그런 점에서 올해 카자흐스탄 출장은 그 의미가 각별합니다. 지난 4, 5년간 동남아시아영화의 성장세가 두드러졌고, 부산영화제는 동남아시아의 새로운 감독과 작품을 발굴하는 데 큰 역할을 했다고 자부합니다. 올해는 몽골과 방글라데시, 그리고 카자흐스탄을 주목해야 할 것 같습니다.

몽골은 최근 시대극 〈여왕 아노Queen Anu〉가 몽골영화 역대 흥행 기록을 갈아 치우면서 영화산업의 새로운 전기를 맞고 있는 데다, 2010년 다큐멘터리 〈열정Passion〉으로 주목받았던 비암바 사키아Byambaa Sakhya의 장편 극영화 데뷔작 〈리모트 콘트롤Remote Control〉, 코롤도 초이주반칙Khoroldorj Choijoovanchig의 독립영화 〈갈망아지Yellow Colt〉 등이 완성되었거나 제작 중이어서 새로운 흐름이 만들어지고 있는 중입니다.

방글라데시는 지난해 모스토파 파루키Mostofa Farooki의 〈텔레비전Television〉의 성공 이후 유망한 신인 감독들이 봇물 터지듯이 등장하고 있습니다. 지난 3월 시네마 드 릴 영화제Cinéma du réel에서 〈듣고 있나요!Are You Listening!〉로 대상을 수상한 카마르 아흐마드 사이먼Kamar Ahmad Simon(부산영화제 AFA 출신), AFA 출신으로 장편 데뷔작 〈잘랄 이야기Jalal's Story〉를 만들고 있는 아부 샤헤드 이몬Abu Shahed Emon, 그리고 7명의 신인 감독의 데뷔작을 만드는 '부티크시네마프로젝트' 등 주목할 만한 감독과 프로젝트들이 넘쳐 납니다.

카자흐스탄 역시 주목해야 할 국가입니다. 저는 이번 알마티 출장에서 카자흐필름스튜디오와 독립영화인들을 두루 만나고 왔습니다. 카자흐필름스튜디오는 카자흐스탄영화 제작의 절반을 책임지고 있는 국영 영화사로, 과거의 관행이 남아있기는 하지만 최근 신인 감독 발굴에 힘을 쏟으면서 이미지 변신을 꾀하고 있습니다. 올해 베를린영화제 경쟁부문에 진출하여 은곰상을 수상한 에미르 바이가진Emir Baigazin의 〈하모니 레슨스Harmony Lessons〉도 카자흐필름스튜디오에서 투자한 영화입니다. 지난해에는 대하 시대극 〈민 발라Myn Bala〉가 역대 카자흐스탄 흥행 기록을 깨면서 산업적 측면에서도 의욕이 넘쳐나고 있습니다.

독립영화계도 활발합니다. 특히, 두 번째 혹은 세 번째 작품을 만든 젊은 감독들의 일취월장이 눈부십니다. 먼저, 알렉세이 고를로프Alexey Gorlov. 그의 데뷔작 〈원 링크One Link〉는 상투적인 TV 드라마 수준이어서 별 주목을 받지 못했었습니다. 그런데 이번에 실험적인 싱글 프레임 영화 〈엄마의 유산The Story of an Old Woman〉을 만들었습니다. 그의 사무실에서 외부인으로서는 처음 이 작품을 보면서 상당히 놀랐습니다. 이전에도 싱글 프레임 영화가 있었지만, 신인 감독이 이러한 작품을 만들었다는 것에 더 더욱 놀랄 수밖에 없었습니다. 상영시간 1시간 20분 내내 하나의 테이크, 하나의 쇼트로 이루어진 영화적 형식은 인

알렉세이 고를로프 감독의 〈늙은 여인 이야기〉

간의 허위의식을 꼬집는 주제와 조화를 이루면서 감탄을 자아냅니다.

잔나 이사바예바는 카자흐스탄의 독립영화계에서도 아웃사이더입니다. 그녀의 전작 〈탈가트Talgat〉가 지난해 부산에서 소개된 바 있지만, 신작 〈나기마Nagima〉의 미학적 성취는 〈탈가트〉의 그것을 훨씬 뛰어넘습니다. 성인이 되어 고아원에서 나온 소녀들의 절망적인 삶을 그린 작품으로, 세릭 아프리모프Serik Aprimov, 다레잔 오미르바예프Darezhan Omirbayev 등 카자흐스탄영화의 미학적 전통을 잇는 작품으로 평가할 만합니다.

2011년 데뷔작 〈리알토Realtor〉로 가능성을 인정받았던 아딜칸 에르자노프Adilkhan Yerzhanov는 두 번째 영화 〈집짓기Constructors〉에서 훌쩍 성장한 모습을 보여줍니다. 집이 없어진 남매가 어머니 이름으로 남겨진 공터에 집을 짓는 이야기를 담은 작품으로, 짐 자무시Jim Jarmusch의 초기 작품을 연상시킵니다. 에미르 바이가진, 알렉세이 고를로프, 잔나 이사바예바, 아딜칸 에르자노프 등 이들 젊은 감독들의 작품은 카자흐스탄영화의 새로운 전성기가 도래하고 있음을 알려주는 신호탄과도 같습니다. 부산영화제에서는 칸이나 베를린, 베니스 등 주요 영화제에서 각광받았던 수작들도 초청하지만, 이러한 새로운 흐름, 발견의 의미로 가득 찬 미지의 작품과 감독들의 발굴과 소개에 더 큰 의미를 둡니다.

다음 뉴스레터에서 다시 찾아뵙겠습니다. 감사합니다.

[출장메모] 타이완영화계는 변화 모색 중

타이베이영화제는 1998년, 현 마잉주 타이완 총통이 타이베이 시장으로 재임하고 있을 당시 금마장영화제의 대안적 성격으로 규정하고 출범시킨 영화제로, 국제청년감독 경쟁부문과 타이베이영화상 경쟁부문이 주축 섹션이다. 상반기 타이완 영화 신작을 일별할 수 있는 기회를 제공하는 영화제라고 할 수 있다.

타이완영화계는 지금 발전을 위한 다양한 실험이 이뤄지고 있다. 현재 개봉중인 저우제룬Jay Chou 각본, 주연, 감독의 〈천태The Rooftop〉가 그 하나의 시험대인데 안타깝게도 정밀한 제작시스템이 가동되고 있지 않음을 보여주는 사례로 볼 수 있을 듯하다. 첸유쉰Yu-Hsun Chen 감독의 〈요리대전The Moveable Feast〉은 요리를 소재로 한 웰메이드 상업영화이지만, 해외에서 타이완 식 유머를 이해할 수 있을지는 미지수다. 반면 차이밍량, 청몽홍Mong-Hong Chung, 장초치 감독 등은 신작을 완성했고, 허우샤오시엔 감독도 촬영 막바지라 한다.

최근 타이완영화계는 다시 중국 본토행 러시가 한창이다. 거의 대부분의 제작자가 중국 본토의 제작사와 합작을 논의 중이며, 제작 진행 중인 프로젝트도 다수라고. 합작도 좋지만 타이완영화계 자체의 힘을 조금 더 기를 수 있으면 좋을 것 같다.

2014

[뉴스레터] 방글라데시와 이란의 친구들을 만나다 - 2014년 3호(2014년 2월 20일 자)

새해가 시작되고 벌써 두 달여가 지났네요. 우리 영화제는 이달 말에 정기총회를 열어 지난해의 결산과 올해 사업계획 및 예산 승인을 받을 예정입니다. 그리고 상반기 중으로 결원이 생겼던 프로그래머 두 자리를 채울 예정입니다. 지난해, 전양준 부위원장이 영화제 부집행위원장에서 마켓운영위원장으로 옮겨가면서 생긴 빈자리와 조영정 아시아영화담당 프로그래머가 지난해 개인 사정으로 영화제를 떠나면서 생긴 공석을 채우게 된 것입니다. 능력 있는 프로그래머를 영입하기 위해 다각도로 노력을 기울였고, 그 결과를 상반기 중으로 발표하도록 하겠습니다.

저는 지난해 11월 도쿄필름엑스영화제TOKYO FILMeX International Film Festival(이하 '필멕스'), 12월 중국 무한의 한중영화포럼, 올해 1월 방글라데시 다카영화제Dhaka International Film Festival(이하 '다카영화제'), 2월 이란 파지르영화제Fajr International Film Festival(이하 '파지르영화제')를 다녀왔습니다. 다카영화제는 이번이 첫 참가이고, 파지르영화제는 6년 만에 다시 참가했습니다.

다카영화제의 경우 오랜 지인인 아흐마드 자말Ahmed Muztaba Zamal 집행위원장의 요청으로 경쟁부문 작품 초청을 도와준 데다 심사위원을 맡아달라는 요청도 있어 참가하게 되었습니다. 다카영화제는 전체 예산이 4만 달러에 불과하고, 격년제로 열리는 민간차원의 자그마한 영화제입니다. 저의 입장에서 다카영화제가 새로운 영화를 발견하기 위해 적절한 곳은 아닙니다. 하지만 최근 서아시아영화의 흐름을 파악하고 방글라데시의 젊은 영화인을 만나는 데 의미가 있는 영화제였습니다. 저는 다카에서 모스타파 파루키를 비롯한 많은 방글라데시의 젊은 영화인들을 만났습니다. 그리고 새로운 흐름이 꿈틀대고 있음을 확인할 수 있었습니다. 또한 그들이 부산영화제에 많은 것을 기대하고 있다는 사실도 확인할 수 있었습니다.

방글라데시의 주류영화는 대부분 발리우드의 아류작을 양산하고 있기 때문에 방글라데시영화인 스스로가 자국영화의 정체성에 대해 끊임없이 의문을 제기하고 있습니다. 그리고 방글라데시영화는 세계무대에서 아직은 낯설기 때문에 해외 진출이 쉽지 않습니다. 그런 가운데서 부산국제영화제가 방글라데시영화에 끊임없이 관심을 보여주고 있다는 사실을 그들은 기억하고 있었습니다.

사실, 방글라데시영화는 모두가 존경하는 선구자가 있었습니다. 타렉 마수드Tareque Masud가 바로 그입니다. 마수드는 2002년작 〈클레이 버드The Clay Bird〉로 칸영화제 감독주간 초청을 받았고, 세계비평가연맹The International Federation of Film Critics(이하 'FIPRESCI')상을 수상하여 세계의 주목을 받았던 감독입니다. 하지만 그는 2011년 불의의 교통사고로 세상을 떠났고 많

방글라데시 젊은 영화인들과 저녁식사를 한 뒤 찍은 모습.
아부 샤헤드 이몬, 모스타파 파루키, 아크람 칸, 이스티악 지코 등

은 방글라데시영화인들이 그의 죽음을 애통해 했습니다. 그가 방글라데시영화의 새로운 황금기를 가져다줄 것이라 믿어 의심치 않았기 때문입니다. 그나마 다행인 것은 마수드를 따르고 존경했던 그의 후배들이 새로운 흐름을 형성하고 있다는 것입니다. 지금은 모스타파 파루키가 그 중심에 있습니다. 파루키의 작품세계를 발견하고 그 가치를 확인해 준 영화제가 바로 부산영화제입니다. 그의 세 번째 작품 〈텔레비전〉은 2010년 인큐베이팅펀드, 2012년 후반작업펀드 지원을 통해 완성된 작품으로, 2012년 부산영화제 폐막작으로 선정되어 파루키의 이름을 전 세계에 각인시키는 계기가 되었습니다. 부산영화제 이후 〈텔레비전〉은 아시아태평양 스크린어워드Asia Pacific Screen Awards 등 세계의 여러 영화제에서 수상하면서 방글라데시영화를 새롭게 인식하는 계기가 되기도 했습니다.

이번에 다카에서는 파루키를 비롯하여, 골람 라바니 빕랍Golam Rabany Biplob, 이스티악 지코Ishtiaque Zico, 자히두르 라힘 안잔Zahidur Rahim Anjan, 루바이앗 호세인Rubaiyat Hossain, 아부 샤헤드 이몬 등 여러 젊은 감독들을 만났습니다(우스갯소리지만, 파루키를 포함한 모든 젊은 영화인들은 저를 '형님'으로 부르기로 했습니다. 마초적 발상은 아니고, 친밀함의 표현입니다. 저는 파루키의 부인인 티샤를 '바비'라 부릅니다. '제수씨' 정도의 뜻이 되겠지요). 이들은 주류영화계에서 벗어나 독립영화계에 몸담고 있는 감독들입니다. 이스티악 지코, 자히두르 라힘 안잔, 아부 샤헤드 이몬 등은 현재 장편 데뷔작을 만들고 있는 중입니다. 특히 AFA 출신으로, 현재 한국예술종합학교 영상원에 재학 중인 아부 샤헤드 이몬은 데뷔작 〈잘랄 이야기〉의 촬영을 거의 다 마치고 후반작업을 준비하고 있는 중입니다. 저는 러쉬(예비편집본)만 잠깐 보았지만, 또 한 명의 재능을 발견할 수 있었습니다. 그리고 향후 편집방향에 대해 그와 많은 이야기를 나누었습니다. 저는 우리 부산영화제가 방글라데시 뉴웨이브의 창구 역할을 하리라 확신합니다.

이란의 파지르영화제에는 오랜만에 참가했습니다. 그 사이에 영화제와 마켓 공간이 최신식 공간(밀라드 타워와 컨벤션홀)으로 바뀌었고, 오랜 친구들을 이란에서 다시 만날 수 있었습니다. 대개 배급사나 세일즈 회사들은 칸영화제 마켓에서 자주 만나지만, 감독들은 만나기가 쉽지가 않습니다. 그들을 만나 업구쉬트Abgusht나 컬레퍼처 등과 같은 이란 전통식 요리를 먹으면서 회포를 풀기도 했습니다.

올해 파지르영화제에는 상당히 많은 신인 감독들의 작품이 초청되었고, 그중에는 수작도 꽤 많았습니다. 말 그대로 이란영화의 변화를 확인할 수 있었습니다. 이란영화계는 전임 대통령 마무드 아마디네자드Mahmoud Ahmadinejad의 재임 기간(2005~2013) 많은 일들이 있었습니다. 모흐센 마흐말바프 가족과 바흐만 고바디 감독이 망명을 했고, 자파르 파나히는 가택연금을 당했습니다. 압바스 키아로스타미는 해외에서 작품을 계속 만들고 있습니다. 그야말로 이란영화계는 암흑기를 지나온 것입니다. 지난해 대통령 선거에서 중도파 하산 로하니Hassan Rouhani가 당선되면서 변화의 조짐은 보이지만, 아무도 급격한 변화는 기대하지 않습니다. 최고종교지도자 아야톨라 알리 하메네이Ayatollah Ali Khamenei와 그 세력들이 아직 건재하기 때문입니다.

그런데 올해 이란영화는 제작편수가 170편이 넘을 것으로 전망됩니다. 지난해에는 불과 76편이었습니다. 170여 편 중 80편 이상이 신인 감독의 작품이라고 합니다. 지난 8년간 쌓였던 불만이 한꺼번에 분출하는 것일까요? 로하니 대통령은 취임 이후 하루를 '영화의 날'로 선포하고 모든 상영관을 무료로 시민들에게 개방한 적이 있었습니다. 모든 상영관이 만석이 되었음은 물론입니다. 이와 더불어 이란에서는 모든 예술분야에서 창작활동이 활발하게 이루어지고 있습니다. 아직 완전한 자유가 보장된 것은 아니지만, 뭔가를 분출해내고 있는 것은 분명해 보입니다. 그럼에도 모흐센 마흐말바프 감독은 여전히 이란으로 돌아가지 못할 것이며, 자파르 파나히의 연금 해제는 요원해보입니다.

신작들 중에는 개봉이 불가능한 작품도 꽤 있습니다. 특히 지난해 대통령선거 과정을 소재로 한 작품들이 여러 편 되는데, 정부에서는 상영 허가를 내주지 않는다고 합니다. 하메네이를 비롯한 보수 세력들의 반발을 우려한 때문이겠지요. 저는 이러한 작품들의 DVD도 입수했습니다. 그리고 방글라데시에서 그랬던 것처럼 독립영화인들과 깊은 대화를 나누었습니다. 그리고 그들의 고민과 앞으로의 방향을 공유했습니다. 부산영화제가 단순히 축제가 아니라 그들의 친구이자 파트너가 되고자 했습니다. 이러한 자세는 앞으로도 쭉 계속될 것입니다. 다음 뉴스레터에서 다시 찾아뵙겠습니다.

베이징 영화제 04.16~04.19

[뉴스레터] 자본은 유입되는데 인력은 부족 - 2014년 5호(2014년 4월 28일 자)

어느덧 4월 말입니다. 저희 프로그래머들은 터키 이스탄불국제영화제International Istanbul Film Festival(이하 '이스탄불영화제'), 콜롬비아 카르타헤나국제영화제Cartagena Film Festival(이하 '카르타헤나영화제'), 멕시코 과달라하라국제영화제Guadalajara International Film Festival(이하 '과달라하라영화제'), 중국 청두의 아시안 사이드 오브 더 닥Asian Side of The Doc 등에 출장을 다녀왔고, 저는 홍콩영화제와 베이징영화제 출장을 다녀왔습니다. 베이징 출장을 가 있는 동안에 세월호 침몰사고가 일어나 출장기간 내내 일이 손에 잡히지 않을 정도로 슬픔과 충격이 컸습니다. 저에게도 고2인 아들이 있어 안타까움과 비통함은 더 컸던 것 같습니다. 베이징에서 만난 많은 중국영화인들도 저를 위로해 주었습니다. 부모의 마음은 세계 어디서나 다 똑같은 것이겠지요.

베이징영화제는 중국영화 신작을 찾고자 하는 해외의 영화제 관계자들에게는 그다지 효율적이지 않은 영화제입니다. 32개에 이르는 상영관이 베이징 시내 전역에 산재해 있어 영화 보기가 정말 힘듭니다. 눈에 띄는 신작도 거의 없는 편입니다. 해서, 저는 영화제보다는 개별적으로 감독과 영화사들을 만나 미팅을 주로 하는 편입니다. 이번에 만난 감독들은 리우하오, 차이 샹준Shangjun Cai, 장츠Chi Zhang, 수하오펑Hao-feng Xu, 왕차오 등이었고, 화이브라더스, 베이징갤로핑호스Beijing Galloping Horse Film, 유쿠Youku, 베이징 부이러후사Beijing Buyiyuehu 등 여러 제작사와 동영상 포털사 등을 만났습니다. 그리고 몇몇 독립영화 배급 관계자들도 만났습니다. 이들과는 하반기에 나올 신작들에 대해 주로 많은 이야기를 나누었습니다.

얼마 전 발표된 올해 칸영화제 라인업에 신작 〈환상곡Fantasia〉이 초청된 왕차오 감독은 부산영화제뿐만이 아니라 한국과 각별한 인연이 있는 감독입니다. 부인이 순천대학교에서 몇 년간 교환교수로 재직한 인연으로 부부가 순천을 정말 사랑한다고 합니다. 그래서 가끔 부부가 “베이징에서 살기 힘들어지면 순천으로 이주하자”고 진지하게 논의를 하기도 한다는군요. 왕차오 감독은 올해 작품이 있기 때문에 부부가 함께 부산영화제에 참석했다가 순천을 찾을 것 같습니다. 왕차오 감독은 중국의 독립영화 감독 가운데 프랑스가 가장 선호하는 감독인 것 같습니다. 최근 중국의 독립영화가 점차 쇠퇴하고 있고 해외에서의 관심도 점차 줄고 있지만 왕차오 감독은 예외인 것 같습니다. 그는 현재 〈환상곡〉 외에도 한 편의 신작을 더 만들고 있습니다. 〈로메르를 찾아서Looking for Rohmer〉가 그것으로, 〈환상곡〉과 마찬가지로 프랑스의 투자를 받아 만들고 있는 중입니다. 〈로메르를 찾아서〉의 내용은 아직 밝힐 수 없지만, 왕차오 감독의 작품 중에서는 가장 대중적인 작품이 될 것 같습니다.

리우하오 감독은 지난해 APM 프로젝트였던 〈북쪽으로Back to the north〉가 올해 칸영화제 시나리오개발 워크숍에 초청받아 참가하게 되었다며, 감사의 인사를 전했습니다. 〈인산인해People Mountain People Sea〉로 베니스영화제에 진출한 바 있는 차이 샹준 감독은 신작 〈순응주의자The Conformist〉의 촬영을 10월에 시작한다고 해서 내년을 기약하기로 했고, 수하오펑 감독은 무술영화 〈사부: 영춘권 마스터The Master〉의 촬영을 7월에 시작한다고 합니다. 그는 얼마 전 홍콩에서 거행된 홍콩영화금상장Hong Kong Film Awards 시상식에서 〈일대종사The Grandmaster〉로 각본상을 수상하기도 했습니다. 저와 만났을 때는 트로피를 직접 들고와 보여주기도 했습니다. 저는 당연히 축하인사를 건넸지요. 실제 무술의 고수이기도 한 그는 중국영화 사상 가장 독특한 스타일의 무술영화를 만드는 감독입니다. 또한 무술에 관한 많은 저서를 낸 바 있는 작가이기도 한데, 국내에서도 그의 저서가 번역 출간되어 있습니다. 지난해에는 80년대 중국의 무술인들을 집대성한 『대성약결』을 출간했고, 이 책은 곧 국내에서도 번역되어 출간될 예정이라고 합니다. 그의 신작 〈사부: 영춘권 마스터〉는 무술대회에 나갈 수 없게 된 무술인이 제자를 키워서 대신 무술대회에 나가게 하는 내용을 담고 있습니다. 이 밖에 만나지는 못했지만 리뤄준Rui Jun Li, 완마 차이단Wanma Caidan 등 몇몇 주요 독립영화 감독들의 신작 소식도 확보했습니다.

큰 회사들 중에는 화이브라더스가 펑하오샹의 〈살교여인최호명Tender Woman〉, 구창웨이Changwei Gu 감독의 〈미애지점입가경Love on the cloud〉을 10월 이전에 공개할 예정이며, 베이징 갤로핑호스는 존 우John Woo 연출의 〈태평륜The Crossing〉을 12월에, 베이징 부이러후사는 강문Wen Jiang 감독의 〈일보지요Gone with the Bullets〉를 12월에 개봉한다고 합니다. 〈태평륜〉과 〈일보지요〉는 올해 부산영화제 전에 완성되지는 않지만, 다른 이슈를 가지고 제작사들과 논의를 했습니다.

영화제 기간 중에는 베이징영화제 측의 요청으로 자오즈용Zhao Zhiyong 부비서장(부집행위원장)과 미팅을 했습니다. 베이징영화제의 모든 실무를 관장하는 실세가 바로 자오즈용 부비서장입니다. 그는 부산영화제와의 교류를 확대해 나가자는 제안을 했고, 우리도 동의했습니다. 특히, 자오즈용 부비서장은 부산영화제의 프로그래밍 시스템에 대해 많은 질문을 했습니다. 베이징영화제에는 총 40명의 선정위원이 있고, 만장일치로 초청작을 선정한다고 하는군요. 우리의 시스템에 대해 소상히 설명을 하기는 했지만, 베이징영화제 시스템에 반영될 가능성은 별로 없어 보입니다.

그리고 또 다른 소식 하나를 알려드리겠습니다. 중국 최대의 부동산재벌인 완다그룹Wanda Group이 영화산업에 뛰어들었다는 소식은 익히 알고 계실 텐데요. 지난해부터 청도에 중국 최대 규모의 스튜디오를 짓기 시작했습니다. 그리고 2016년에 청도에 국제영화제를 창설한다고 합니다. 얼마 전 완다그룹은 청도국제영화제Qingdao International Film Festival 집행위원장 연봉으로 400만~800만 달러(미화)를 책정했다는 발표를 했습니다. 통이 커도 너무 큰 셈이지요.

현재 중국영화의 현실은 이렇습니다. 독립영화는 점점 쇠퇴해가고 있고, 자본은 엄청나게 유입되고 있어 감당하기 힘들 정도입니다. 돈은 있는데 인력이 부족하여 영화를 제때 만들지 못하는 상황이 생겨나고 있는 것입니다. 그동안 홍콩과 타이완의 인력들을 대거 끌어들였지만, 그도 이제는 모자라는 상황이 된 것이지요. 최근 약 15명의 한국 감독들이 동시에 중국 제작사들과 제작 논의를 하고 있는 것도 그러한 상황 때문입니다.

다음 출장지는 칸영화제가 될 것 같습니다. 칸을 다녀와서 새로운 소식 전해드리겠습니다. 안녕히 계십시오.

[뉴스레터] 그저 영화제를 열심히 준비할밖에 - 2014년 7호(2014년 6월 10일 자)

다들 안녕하신지요? 이 평범한 인사가 새삼스럽게 느껴지는 요즘입니다. 저도 세월호 참사 이후 긴 시간을 고통과 분노 속에 지내고 있습니다. 하지만 그럼에도 제가 맡은 역할은 다 해야 되겠지요. 저희는 조용하게 올해 영화제 준비를 하고 있습니다. 뉴 커런츠 부문 심사위원 선정도 이미 완료되었고, 특별전 준비도 잘 진행되고 있습니다(올해 특별전은 특히 자랑하고 싶은 기획입니다). 몇몇 주요 게스트의 참가도 이미 확정 지었습니다. 하지만 발표는 조금 더 있다가 하려고 합니다. 아직 시간도 많이 남아있는 데다가 우리 영화제 전체의 정서 또한 지금은 차분하게 준비만 하자는 쪽이기 때문입니다.

저는 지난 5월 중순, 열흘간 칸영화제를 다녀왔습니다. 늘 그렇듯이 칸에서는 많은 작품정보 수집과 미팅이 진행되었습니다. 올해 칸영화제는 베를린영화제와 마찬가지로 중국의 부상이 두드러졌습니다. 베를린영화제에서는 '테시로Tesiro'라고 하는 중국의 귀금속 회사가 메인스폰서가 되어 분위기를 주도했고, 칸영화제에서는 마켓 개막리셉션의 콘셉트를 '중국영화의 밤'으로 가져갈 만큼 중국영화계와 중국기업들이 공격적인 마케팅을 하고 있습니다. 중국영화와 관련된 세미나도 여러 차례 열렸습니다. 게다가 중국의 거대 재벌인 완다그룹은 2017년

청도영화제를 시작한다고 발표했습니다. 문제는 개최 시기인데, 토론토영화제Toronto International Film Festival 직후로 일정을 잡았습니다. 우리 영화제 직전에 개최한다는 것입니다. 집행위원장도 선임했습니다. 로즈 쿠오Rose Kuo가 바로 그 당사자로, 그녀는 뉴욕영화제New York Film Festival, LA영화제LA Film Festival 집행위원장 등을 역임한 중국계 미국인입니다. 워낙 돈이 많은 회사라 어떤 규모와 콘셉트의 영화제를 만들지 가늠하기 힘듭니다. 일단은 지켜볼 수밖에 없습니다.

새롭게 부활하는 싱가포르영화제Singapore International film Festival는 국제자문 위원단을 발표했고, 제가 국제자문단 위원으로 위촉되었습니다. 베트남영화제는 프로듀서워크숍 프로그램을 새롭게 출범시키는데, 우리 영화제에 멘토 추천을 의뢰해 와서 도와줄 계획입니다. 인도네시아에서는 인도네시아 영진위Indonesian Film Board Badan Perfilman Indonesia/BPI와 새로운 제작자협회가 만들어져서, 역시 저희와 교류를 희망하고 있습니다.

올해 칸영화제에서 만난 아시아영화인들 중에 가장 인상적이었던 이는 인도의 여성제작자 구니트 몽가Guneet Monga였습니다. 지난해 칸영화제를 시작으로 전 세계에서 호평을 받았고, 국내에서도 개봉되었던 〈런치박스The Lunchbox〉의 제작자가 바로 그녀입니다. 1983년생이니까 이제 갓 30세인 그녀는 아누락 카시압Anurag Kashyap 감독과 함께 새로운 인도영화의 시대를 열고 있는 놀라운 능력의 소유자입니다. 올해도 그녀가 제작에 참여한 〈티틀리Titli〉라는 작품이 주목할 만한 시선에 초청되었습니다. 그녀는 현재 다니스 타노비치Danis Tanovic의 차기작을 준비 중에 있다고 합니다. 저는 그녀의 경험을 우리 영화제에서 많은 아시아영화인들과 공유하는 방법을 찾고 있습니다.

제가 살펴본 작품들 중에는 공식 상영작보다 이제 막 완성된 따끈따끈한 신작들 중에 눈길이 가는 작품이 많았습니다(저는 칸에서 많은 아시아의 세일즈사나 제작사 관계자들을 만나고, 그들로부터 막 완성된 신작들 스크리너를 받습니다. 그리고 하루 일정이 끝나고 숙소로 돌아오면 그 스크리너들을 열심히 봅니다. 그중에서 마음에 드는 작품이 있으면 다음날 바로 초청의사를 전달합니다). 아마도, 올해 우리 영화제의 뉴 커런츠에는 굉장히 다양한 국가의 작품이 월드 프리미어 혹은 인터내셔널 프리미어로 소개될 것입니다.

칸에서 제가 본 많은 영화들 중에서 특히, 어머니의 이야기를 다룬 몇몇 작품은 저에게 각별하게 다가왔습니다. 가와세 나오미Naomi Kawase의 〈소년, 소녀 그리고 바다Still the water〉가 그러했고, 이란의 신인 감독 나르제스 아비야르Narges Abyar의 〈트랙 143Track 143〉 같은 작품은 그야말로 제 심장을 요동치게 했습니다. 이란 이라크 전쟁 당시 전쟁터에 나간 아들을 기다리는 어머니를 다룬 작품인데요, 라디오에서 포로로 잡힌 이란군 병사들의 이름을 불러주기 때문에 밤낮으로 라디오를 허리춤에 차고 무려 17년을 기다리는 어머니의 이야기를 그린 작품입니다. 이 작품이 각별했던 이유는 짐작하시는 대로입니다. 자식을 잃은 부모의 심정은 그 어떤 고통과도 비교할 수 없을 것입니다. 저는 이 작품이 그분들에게 위안이 되지는 않겠지만, 적어도 관객들이 슬픔과 고통을 함께 기억하게 하는 역할은 하리라 생각합니다.

저희는 앞으로도 차분히 영화제를 준비하겠습니다. 이제부터는 점점 더 바빠지겠지요. 저희는 힘을 더 내겠습니다. 그리고 잊지 말아야 할 것들은 절대 잊지 않겠습니다.

[출장메모] 주목할 만한 타이완영화들을 보다

올해로 16회째를 맞는 타이베이영화제는 타이완에서 가장 규모가 크고 역사가 오래된 금마장영화제에 대항하여 생긴 영화제이다. 현재 타이완 총통인 마잉주가 타이베이 시장 시절 창설되었으며, 초대 허우샤오시엔 조직위원장을 거쳐 지금은 타이완의 유명 배우이자 감독인 실비아 창Sylvia Chang이 조직위원장을 맡고 있다. 영화제는 6월 27일부터 7월 19일까지 장장 21일간에 걸쳐 열리는데, 그 이유는 영화관 대여가 힘들어서이다. 때문에 두 개의 경쟁부문, 즉 국제청년감독 경쟁부문과 타이베이영화상 경쟁부문은 각각 전반부와 후반부에 나뉘어 열린다.

타이베이영화제에 참가하기 전에 이미 우리 영화제 초

청을 확정 지은 치엔시앙Hsiang Chien의 장편 데뷔작 〈회광 소나타Exit〉는 이곳에서도 최우수 장편극영화상을 수상하는 등 호평을 이끌어냈다. 올해 단연 주목해야 할 감독. 2년 전 우리 영화제에서 관객을 많이 울렸던 〈터치 오브 라이트〉의 장영치는 두 번째 장편 〈공범Partners In Crime〉을 선보였다. 소포모어 징크스를 잘 극복한 듯하다. 막 편집을 끝낸 도제니우Doze Niu의 〈군중낙원Paradise in Service〉도 올해 주목해야 할 작품.

허우샤오시엔 감독은 아직도 〈자객 섭은낭〉의 후반작업 중이라고 한다. 내년 2월경 완성 예정이어서 올해 우리 영화제 참가는 불가능할 것으로 보인다. 차이밍량 감독은 내년 여름에 광주에서 설치미술 전시회와 리캉셍이 주연으로 나오는 연극을 공연하기로 결정했다고 한다. 실비아 창 감독은 올해를 마지막으로 타이베이영화제 조직위원장직을 그만두며, 후임에는 제작자인 리 리에Lieh Lie 씨가 내정되었다. 리 리에 씨는 나와 오랜 친분이 있는 제작자로 우리 영화제도 여러 차례 방문한 바 있다.

시네말라야 영화제
08.01~08.08

[출장기] '품앗이'로 서로 돕는 필리핀영화인들

시네말라야영화제는 매년 10편의 프로젝트를 선정하여 제작비를 지원하고, 완성된 작품은 모두 시네말라야영화제 경

반가운 친구들과의 만남. 본인 오른편으로 배우 양궤이메,
타이페이필름커미션 제니퍼 자오 위원장, 본인 왼편으로 우리 마켓 어드바이저 장산링

쟁부문에 초청한다. 이런 시스템은 다른 국가에서는 찾아보기 힘들다. 참고로, 베니스영화제가 지난해부터 '비엔날레 칼리지'를 통해 매년 3편의 프로젝트를 지원하고, 완성된 작품을 베니스영화제에 초청하고 있다. 지난 10년 동안 시네말라야영화제는 총 118편의 장편과 96편의 단편 제작을 지원했다. 그리고 아우라에우스 솔리토, 크리스 마르티네즈, 하나 에스피아Hannah Espia, 프란시스 파시온, 제롤드 타로그, 셰론 다욕 등 쟁쟁한 신인 감독들을 배출했다.

관객 수도 2005년의 8,440명에서 지난해에는 82,322명으로 크게 늘었다. 올해는 관객 수 10만 명이 목표라고 한다. 특히 대학 영화학과 혹은 영화관련 학과의 단체 관람이 많은데 영화제 기간 중에는 형형색색의 학과별 유니폼을 입은 학생들이 영화관을 가득 메운다. 메인 극장인 필리핀문화센터는 1,500여 석의 대극장을 비롯하여 5개의 극장을 가지고 있으며, 지난해부터는 알라방타운센터Alabang Town Center의 멀티플렉스도 사용하고 있다. 매년 7월에 열리던 영화제가 올해 8월로 밀린 이유는 7월이 멀티플렉스의 피크 시즌이기 때문이다.

시네말라야영화제 초청작에는 메인스트림의 스타배우들이 출연하는 일이 흔하다. 필리핀의 국민배우라 일컬어지는 빌마 산토스Vilma Santos, 노라 아우노르 등도 이 대열에 합류했다. 스타급 연기자들은 메인스트림 영화에서는 대개 고정적인 역할밖에 할 수가 없기 때문에 새로운 도전을 위해 저예산 독립영화에 아주 적은 개런티를 받고 출연한다. 심지어 노 개런티로 출연하는 스타도 있다. 이렇게 저예산 독립영화에 출연한 스타들은 시네말라야영화제에 참가하여 관객들과 호흡을 같이 하며, 독립영화에 힘을 실어주고 있다.

필리핀의 독립영화계에는 '품앗이'의 전통이 있다. 이번에 시네말라야 경쟁부문에 초청된 작품들의 제작자 중에는 독립영화 감독들이 다수 있다. 제롤 타로그, 셰론 다욕, 하나 에스피아, 아돌포 알릭스 주니어 등이 그들이다. 이들은 먼저 데뷔한 감독들이 후배나 동료 작가 등이 감독으로 데뷔하도록 돕는 것을 당연하게 여긴다. 때문에 제작자 겸 감독이 많은 나라가 바로 필리핀이다.

우리 영화제는 매년 시네말라야영화제 초청작 중 한두 편씩은 꼭 초청을 한다. 올해도 두 편의 수작을 건졌고, 그중 한 편은 '뉴 커런츠' 초청작이다.

중국 항저우 저장청년 영화제 11.11~11.13

[출장메모] 저장성 동해전영집단이 주최한 저장청년영화제 참석

중국 저장성과 동해전영집단이 주최하는 영화제인 '저장청년영화제Zhejiang First Youth Film Festival'는 젊은 감독들의 장편을 대상으로 하는 국내경쟁영화제로, 올해는 40편의 장편극영화가 출품되었고, 이중 16편이 본선에 진출하였다. 올해 심사위원은 배우 저우쉰Zhou Xun과 시나리오작가 쉬핑Xu Ping, 홍콩의 촬영감독 마초싱Cho-Sing Ma, 감독 차오바오핑Baoping Cao이었으며 나와 허진호 감독은 폐막식에 시상자로 참석하였다.

동해전영집단은 저장성이 지난해에 설립한 영화그룹으로 9개의 회사를 거느리고 있으며, 본사는 항저우에 있다. 동해전영집단 산하의 시대극장은 중국 전역에 160개의 극장과 1,000여 개의 스크린을 보유한 중국내 5~7위권 규모의 극장체인이다.

동해전영집단은 현재 7개의 프로젝트를 진행 중이며, 그중 첫 번째 작품인 김태균 감독 연출, 지진희, 천이한Yi Han Chen 주연의 〈연애의 발동: 상해 여자, 부산 남자Bad Sister〉가 부산에서의 촬영을 모두 끝내고 곧 중국에서 개봉 예정이다. 이밖에 강제규 감독과도 대작을 준비 중이라고 한다.

금마장
영화제
11.19~11.23

[출장기] 금마장영화제의 이모저모

올해로 51회째인 금마장영화제는 1962년에 출범했다. 기본 성격은 중국어영화 경쟁부문이 간판인 영화제이다. 때문에 타이완, 홍콩, 중국은 물론 동남아의 중국어영화도 후보에 포함된다. 지난해 대상 수상작인 앤소니 첸Anthony Chen의 〈일로 일로Ilo Ilo〉는 싱가포르영화였다. 올해는 로우예의 〈블라인드 마사지

항저우의 서호에서 나와 함께 폐막식 시상자로 참여하게 된
허진호 감독, 그리고 범소청 전매대 교수와 함께.

Blind Massage〉가 작품상, 각본상 등 6개 부문, 첸지안빈Jianbin Chen의 〈바보A Fool〉가 남우주연상, 신인감독상을 수상하는 등 중국영화가 강세였다. 올해 부산영화제 개막작이었던 도제니우의 〈군중낙원〉은 남우조연상, 여우조연상을 수상하였다.

출범 당시 목적은 '반-중국' 네트워크 구축이었다. '금마'라는 이름의 태생부터가 그렇다. 1958년 8월 23일 중국 본토로부터 타이완의 금문도와 마조도에 대대적인 포격이 가해졌고, 이 전투는 10월 5일까지 이어졌다. 타이완 사람들은 항전의식을 드높이는 대대적인 모금운동을 펼쳤다. 이러한 사회적 분위기 속에서 타이완정부는 1962년에 영화상을 새로 제정하는데, 그 이름을 '금문도'의 '금'과 '마조도'의 '마'를 따서 '금마'라 지었다. 그리고 제1회 '금마장' 시상식을 장제스 총통의 생일인 10월 31일에 열었다. 51년이 지난 지금 금마장도 많이 변화해왔다. 특히, 반공의 기치를 내걸고 시작했던 영화제이지만, 지금은 중국영화계와의 교류가 활발하다. 올해의 경우만 해도 왕샤오슈아이, 로우예, 첸지안빈 감독, 배우 장쯔이Ziyi Zhang, 공리Li Gong, 탕웨이Wei Tang 등 중국영화인들이 대거 참석하였다. 이념색을 탈피한 것이다. 타이완인들도 이를 자연스럽게 받아들인다.

영화제 운영방식은 중국권 국가들의 전형적인 영화제와 별 차이가 없다. 금마장영화제는 3주에 걸쳐 열리는데, 상영관은 경화리빙몰의 시네마크, 시먼딩의 신광시네마 등 2개 극장에 총 5개 스크린만을 사용한다. 섹션은 금마장 경쟁부문, 메이드 인 타이완, 파노라마, 아시안 윈도우 등 14개가 있지만, 영화제의 모든 포커스는 마지막 날 시상식에 쏠려 있다. 폐막작의 경우만 해도 폐막식장에서 상영되는 것이 아니라 일반 상영관에서 상영된다. 올해의 경우 폐막작은 왕가위의 〈일대종사〉였는데, 11월 22일 7시에 시상식은 국부기념관에서, 폐막작 상영은 시네마크에서 같은 시간에 각각 거행되었다.

금마장영화제는 영화제 외에 프로젝트마켓과 단기 워크숍 아카데미를 운영하고 있다. 둘 다 허우샤오시엔 감독이 만든 행사인데, 프로젝트마켓은 '금마창투회의Golden Horse Film Project Promotion', 아카데미는 '금마영화아카데미Golden Horse Film Academy'이다. 두 행사 모두 우리 부산영화제의 APM과 AFA를 벤치마킹했다. 참고로 허우샤오시엔 감독은 초대 AFA 교장을 지낸 바 있다. 금마영화아카데미의 운영방식은 AFA와 똑같다. 다만 두 편의 단편을 만드는데 창작 시나리오가 아닌, 단편소설을 각색하여 만든다는 점이 다르다.

[출장메모] 싱가포르영화제의 부활

지난 2년간 열리지 못했던 싱가포르영화제가 올해 정부예산을 다시 지원받으면서 부활했다. 전체 예산은 200만 싱가포르달러이며 이중 정부지원금은 50만 달러이다. 집행위원

(위) 시상식장 대기실에서 로우예 감독과 김동호 위원장님과 함께.
로우예 감독은 <블라인드 마사지>로 작품상, 각본상 등 6개 부문을 수상했다.

(아래) 임권택 감독님 명예상 수상 모습.
내가 임 감독님의 업적에 대해 설명을 했고, 유니 하디 집행위원장과 함께 상을 전달.

장은 유니 하디Yuni Hadi와 장웬지에Wenjie Zhang가 공동으로 맡고 있다. 상영작은 147편, 관객 10,000명(총좌석 17,000석, 점유율 60%)이다.

프로그램에 있어서는 아시아장편경쟁, 동남아단편경쟁 부문이 핵심으로 '동남아시아영화'로서의 정체성에 방점을 찍는 영화제라고 할 수 있으며, '동남아시아필름랩'을 열어 동남아시아의 새로운 프로젝트 발굴도 시작하였다. 올해는 특히 '평생공로상'에 해당하는 '명예상'을 신설하여 제1회 수상자로 한국의 임권택 감독님을 선정했다. 동남아시아영화에 초점을 맞추는 영화제로는 자카르타국제영화제Jakarta International Film Festival(이하 '자카르타영화제'), 하노이영화제, 방콕국제영화제Bangkok International Film Festival(이하 '방콕영화제') 등이 있으나 모두가 심각한 결함을 안고 있어 싱가포르영화제는 동남아시아영화에 관한 한 대표주자가 될 수 있을 것으로 보인다.

2015

[뉴스레터] DFI의 결단과 정부의 지원에 박수를 - 2015년 3호(2015년 4월 15일 자)

벌써 4월 중순입니다. 지난해 4월에 발생했던 전대미문의 비극은 1년이라는 시간이 지났지만 지금도 문득문득 고통이 밀려옵니다. 괴롭지만 그들을 잊을 수가 없네요. 그래서 저는 아직도 마음속의 탈상을 못 했나 봅니다. 희생자들의 명복을 다시 한 번 빕니다.

영화제의 상황을 말씀드리자면, 지난 3개월이 어떻게 지나갔는지 기억도 잘 나지 않습니다. 지난 연말부터 우리 영화제에 닥친 쓰나미는 겉으로는 조용하지만 아직도 끝나지 않은 채 진행 중에 있습니다. 지난 석 달 동안 영화계로부터 질타도 많이 받았습니다. 그분들의 질타는 이런 것이었습니다. "부산영화제는 전 영화인들의 것이기도 하다. 나약한 모습 보이지 말고, 굴복하지 마라." 아, 참 눈물 나게 고맙습니다. 사실 제가 가장 걱정했던 것은 우리의 '열정'이 사라지는 것이었습니다. 고난을 끝끝내 이겨내더라도 지쳐서, 혹은 회의를 느껴서 '열정'이 사라지지 않을까 우려를 많이 했습니다. 영화제에서 일하거나 영화제를 찾는 사람들이 '열정'이 사라지면 빈껍데기나 다름없겠지요. '회의'를 느꼈던 경우는 우리 영화제를 잘 이해하고 있고, 성원하고 있다고 믿었던 일부 사람들이 등을 돌리는 경우에 특히 그러했습니다. 그런데 그렇게 상심하고 있을 때 사실은 우리 영화제를 사랑하고 아끼는 분들이 우리가 생각했던 것보다 훨씬 더 (어마어마하게) 많다는 사실을 알게 되었습니다. 큐빅 반지를 잃어버리고 다이아몬드반지를 얻은 격이라고나 할까요. 이름도 모르는 낯선 분들로부터 많은 격려의 문자 메시지도 받았습니다. 그중의 한 구절을 인용하면 "(부산영화제의) 20년 세월은 말 그대로 순수하고 깨끗이 보존해주세요. 어떤 이야기라도 들어 주고 지켜주세요. 대한민국의 위상을 보존해주세요. 미안해요." 암요, 당연히 그래야죠.

저는 현재 부산일보에 30회 예정으로 부산영화제의 지난 20년을 돌아보는 글을 연재하고 있습니다. 부산영화제의 역사와 걸어온 길을 통해 부산영화제의 정신과 정체성이 무엇인지를 널리 알리기 위해서입니다. 최근 벌어지고 있는 일련의 사태에 대해서도 저는 충실히 기록하고 있습니다. 국내외 영화인들, 지역 문화계 인사들, 일반 시민들의 지지 메시지도 다 보관해 두었습니다. 당연히 이 기록은 언젠가 공개할 것입니다.

그리고 신발 끈 다시 묶고 호흡 다시 가다듬어 좌고우면하지 않고 진격합니다. 해서, 올해 영화제 준비는 더디지만 나름대로 열심히 진행하고 있습니다. 저는 지난 1, 2월 해외 출장을 가지 않았습니다. 아니, 갈 수가 없었습니다. 하지만 3월 출장은 도저히 포기할 수가 없었습니다. 그동안 우리가 다소 취약하다고 판단했던 아랍권 영화의 네트워크를 넓히는 좋은 기회가 있었기 때문입니다. 바로 카타르 도하에서 열린 '쿰라Qumra'

입니다. '쿰라'는 뒤에 '영화제'를 붙이지 않고 그냥 '쿰라'라 부릅니다. '쿰라'는 '카메라'의 기원이 된 단어로, 오늘날 아랍권의 젊은이들도 잘 모르는 단어입니다.

그동안 아랍권에서 가장 의욕적으로 아랍영화의 허브가 되고자 했던 곳은 아랍에미리트입니다. 두바이국제영화제Dubai International Film Festival(이하 '두바이영화제')와 아부다비국제영화제Abu Dhabi Film Festival(이하 '아부다비영화제')가 그 선두주자였습니다. 하지만 지난해 두바이영화제는 해외 인력을 모두 해고시켜 버리고, 예산도 대폭 축소해 앞으로의 전망이 매우 어둡습니다. 이런 가운데 후발주자인 카타르는 그동안 트라이베카영화제Tribeca Film Festival와 손잡고 개최하던 도하트라이베카영화제Doha Tribeca Film Festival를 포기하고 새로운 영화제를 출범시켰는데 그것이 바로 아얄청소년영화제Ajyal Youth Film Festival(12월)와 쿰라입니다.

쿰라(3월 6일~11일)는 카타르의 영화정책기구인 도하필름인스티튜트Doha Film Institute(이하 'DFI')가 개최하는 행사입니다. DFI는 그동안 약 200여 편의 국내외 영화제작을 지원했고, 올해 야심차게 쿰라를 출범시켰습니다. 쿰라는 비즈니스 미팅과 교육 중심의 행사입니다. 상영작 13편은 대부분 DFI가 지원하여 완성된 작품들이며, '워크-인-프로그레스' 초청작도 DFI가 지원해 준 작품들을 대상으로 하고 있습니다. 게스트 역시 세일즈 에이전트, 전 세계 주요 영화제 관계자, 감독 중심으로 이루

공식호텔인 세인트레지스 호텔에서 열린 '워킹 브렉퍼스트'.
약 10여 명의 참가자들과 조찬을 하면서 부산영화제에 대한 설명을 하고,
질의 및 응답을 하는 시간. 사회는 파올로 베르톨린이 보았다.

어져 실질적이고도 내실 있는 행사를 진행했습니다. 평소에 저희가 하고 싶었던 실무적인 행사가 많아 깊은 인상을 받았습니다. 그리고 저는 '워킹 브렉퍼스트Working Breakfasts' 행사에 초청되어 아랍권 영화인들을 대상으로 부산영화제를 소개하기도 했습니다.

즉, 쿰라는 기름기를 쏙 뺀 다이어트 식품과도 같은 영화제였습니다. 저는 DFI의 핵심 멤버들과도 깊이 있는 논의를 했고, 앞으로 우리 영화제와 긴밀한 협조 관계를 유지하기로 했습니다. 카타르 정부가 DFI를 믿고, 그들의 운영을 전폭적으로

지원하고 있는 현실도 부러웠습니다. 만약 정부가 화려한 영화제를 개최하라며 간섭했다면 아얄청소년영화제와 쿰라는 탄생하지 못했을 것입니다. 할리우드 스타를 불러와서 화려하게 개최하던 도하트라이베카영화제를 포기하고 내실 있는 영화제를 출범시킨 DFI의 결단과 정부의 지원에 박수를 보냅니다.

[출장기] 엄청난 자본 유입되는 중국영화산업

올해 베이징영화제는 특별히 마르코 뮐러 전 베니스영화제 집행위원장을 수석고문으로 영입하여 프로그래밍 전반을 맡겼다. 그가 중국학 박사이므로 충분히 납득할 만한 일이다. 그러나 전체적인 프로그래밍은 아직은 구색 갖추기에 그친 듯하다. 아직도 검열이나 관료주의가 상존하는 상황에서 하루아침에 프로그래밍이 바뀌기는 쉽지 않을 것이다. 영화관들은 여전히 베이징 전역에 퍼져 있어서 축제의 분위기를 살리기가 힘들다. 하지만 워낙 중국영화 자본이 폭발적으로 증가하는 중이라 해외에서 많은 영화산업 관계자들이 방문하고 있다.

현재 중국의 영화시장은 기존의 프로덕션 하우스와 플랫폼 사업자 간의 경쟁구도로 보면 될 것 같다. 화이브라더스, 폴리보나Polybona Films, 여러 제편창들과 극장라인/인터넷 플랫폼을 가지고 있는 업체들 간의 경쟁, 또는 합종연횡이 계속 진행되는 듯하다. 후자는 다시 부동산 그룹과 인터넷 회사로 나뉘는데, 완다와 같은 부동산 그룹은 중국에서 가장 큰 극장체인을 가지고 있는 반면, 유쿠우-토도우Youku-Todou, 아이이치iQiyi 등 인터넷 회사들은 포털을 가지고 있다. 최근에는 이들 회사들이 모두 제작사를 세우기 시작했다.

지난해 중국에서는 배급라인에 엄청난 변동이 있었는데, 오주 영화배급사Wuzhou Film Distribution의 탄생이 그것이다. 중국 최대 멀티플렉스 체인망을 보유한 완다그룹의 다디, 진이, 헝디엔 등 세 개의 원선과 함께 만든 배급라인이 바로 오주이다. 오주는 단숨에 중국시장의 45%를 장악하는 막강한 배급라인으로 떠올랐다.

그런 가운데서 이번에 만난 만통그룹ManTong group이나 푸싱Fosun International 역시 영화사업에 뛰어들 준비를 하고 있는 것이다. 만통그룹이나 푸싱의 위상 역시 완다 못지않다. 만통은 독립영화, 예술영화 제작을 집중 지원하겠다고 하였지만, 아직 구체적인 안은 나오지 않았다. 문제는 이러한 자본의 유입이 빙산의 일각에 불과하다는 점이다. 필연적으로 거품 논란이 따를 것인데, 곧 닥칠 혼란을 어떻게 극복해 나갈지 궁금하다.

[출장메모] 기로에 선 도쿄영화제

올해로 28회째를 맞는 도쿄국제영화제는 시이나 야스시 집행위원장의 임기 3년 차가 되는 해이기도 하다. 지난해 도쿄영화제는 전임 톰 요다 집행위원장이 도입했던 그린카펫을 없애고, 애니메이션에 무게 중심을 싣는 등 몇 가지 변화를 꾀했었다. 게다가 일본경제가 조금씩 살아나면서 정부지원 예산도 늘었다. 총 예산은 11억 엔.

시이나 야스시 집행위원장은 일본의《동양경제일보 Toyokeizai nibbo》지와의 인터뷰에서 2020년 도쿄올림픽을 목표로 새로운 도약을 준비하고 있다는 언급을 하였다. 문제는 이런 변화의 노력에도 불구하고 국내외적으로는 여전히 부정적인 시각이 우세하다는 점이다. 지난 10월 19일《할리우드 리포터》지의 기사 제목은 '왜 도쿄영화제는 활기를 잃어가고 있는가Why Tokyo Film Festival Has Lost Its Buzz'였다. 이 기사에 따르면 이 영화제가 일본영화를 너무 많이 초청하고 있으며 작품 수준도 별로인데다, 스타파워도 많이 약해졌다는 것이다. 게다가 올해 개막작인 로버트 저메키스Robert Zemeckis의 〈하늘을 걷는 남자The Walk〉는 아시아 프리미어에 불과했다. 마켓이 그나마 영화제보다는 상황이 낫지만, 부산영화제와 아메리칸필름마켓 중간에 끼여서 어렵다고 쓰고 있다. 도쿄영화제 마켓은 이름도 티프콤에서 '저팬 콘텐츠 쇼케이스Japan Content Showcase'로 바꾸었고, 마켓위원장도 모리시타 미카Mika Morishita에서 다카기 후미오Fumio Takaki로 바뀌었다. 때문에 마켓도 올해는 좀 어수선했다는 평이다.

싱가포르 영화제
12.02~12.06

[출장메모] 모흐센 마흐말바프의 격려

지난해 부활한 싱가포르영화제는 올해로 26회째로, 동남아영화 소개, 동남아영화인 워크숍 등 동남아영화에 포커스를 맞춘 영화제로 자리매김하고 있는 중이다. 비슷한 성격의 하노이영화제, 자카르타영화제, 쿠알라룸프르영화제, 방콕영화제 등이 쇠락하거나 문을 닫고 있어 이제는 싱가포르영화제가 확실하게 동남아영화를 대표하는 영화제로 부상하고 있다.

게스트는 120여 명이었으며 상영 취소가 3편 있었다. 상영 취소는 검열 때문인데, 싱가포르영화제가 해결해야 할 난제가 바로 검열문제이다. 관객 수는 지난해보다 조금 늘었다고 하는데, 여전히 평일 낮 상영이 없어서 관객 수의 급증은 기대난망이다.

싱가포르영화제는 싱가포르미디어페스티벌의 일환으로 열리는데, 같은 기간 중 스크린싱가포르Screensingapor, 아시아텔레비전어워드Asian Television Award 등의 행사가 열린다. 지난해까지 부산영화제에서 열렸던 아시아와 유럽을 잇는 공동제작 워크숍 타이즈 댓 바인드Ties That Bind도 이곳에서 열렸는

데, 동남아시아시청각협회Southeast Asian Audio-Visual Association(이하 'SAAVA')가 호스트 역할을 했지만 운영에 문제가 많은 것으로 파악된다.

최근 중국의 대형 영화사들은 홍콩, 대만의 인력보다 말레이시아, 싱가포르 인력을 선호한다고 한다. 말레이시아, 싱가포르 인력들이 영어, 중국어, 말레이어 등 언어 면에서 강점이 많고 마인드도 훨씬 열려 있기 때문이라고. 최근 우리나라에서 동남아 노동자들에 대한 차별 문제가 심각한데, 시사하는 바가 크다고 할 수 있겠다.

한편 12월 5일 열린 싱가포르영화제 시상식에서 모흐센 마흐말바프 감독이 자신이 수상한 명예상을 부산영화제와 나에게 바친다고 하여 깜짝 놀랐다. 우리 영화제가 겪고 있는 어려움을 잘 알고 있는 모흐센 마흐말바프 감독이 격려 차원에서 그리 한 것으로 보인다.

12월 5일 마리나베이샌즈 극장에서 열린 시상식 모습. 나와 모흐센 마흐말바프 감독, 유니 하디 집행위원장이 명예상 트로피를 함께 들고 포즈를 취한 모습.

2016

[출장메모] 분주한 타이완 영화인들

올해로 53회를 맞는 금마장영화제는 중화권영화 중심의 영화제이다. 영화제가 장장 3주간에 걸쳐 열리기 때문에 우리 영화제와 같은 축제 느낌은 시상식이 열리는 폐막식에서만 가능하며, 나머지 기간은 그냥 시네마테크에서 특별전을 3주간 하는 느낌이다.

실비아 창은 금마장영화제 조직위원장이지만 그녀의 영화 〈상애상친Love Education〉이 현재 중국에서 촬영 중인 상황이라 이번에는 그녀를 만날 수 없었다. 촬영감독 또한 타이베이영화제 조직위원장직을 맡고 있는 마크 리Mark Lee. 그러니 이번 영화는 금마장영화제, 타이베이영화제의 두 조직위원장이 힘을 합쳐 만드는 것이라 할 수 있다. 허우샤오시엔 감독은 국영방송 PTS와 함께 중견 감독들의 작품 5편을 향후 3년간에 걸쳐 제작할 예정이라고 한다.

이번 출장의 가장 중요한 목적이 바로 리안 감독의 내년 영화제 초청 건이었다. 리안 감독과 가까운 사이인 제니퍼 자오 타이베이영상위원회 위원장과 웬티엔샹 금마장영화제 집행위원장 두 분에게 부탁을 해서 마침 금마장영화제를 방문 중인 리안 감독에게 부산영화제 참가를 요청했다(스케줄이 안 맞아 직접 만나지는 못함). 돌아온 답은 내년 11월에 촬영이 예정되어 있어 힘들다는 것. 하지만 촬영이 연기될 수도 있다는 설이 있어 계속 접촉하기로 했다.

싱가포르 영화제
11.30~12.04

[출장메모] 싱가포르영화제에서 얻어온 소식들

올해로 27회를 맞는 싱가포르영화제는 동남아권 영화 중심의 영화제로 올해 초청작은 161편이었으며 관객 수는 13,000명가량 되었다.

작품상은 올해 우리 영화제 상영작인 네팔영화 〈하얀 태양White Sun〉이 수상했다. 감독상과 남우주연상은 압둘라 모함마드 사드Abdullah Mohammad Saad의 데뷔작 〈다카에서의 삶Live From Dhaka〉이 수상했는데, 워낙 저예산 독립영화라 만듦새는 어설펐지만 감독의 재능은 주목할 만한 작품이었다.

그 외의 소식도 전한다. 앤서니 첸이 기획한 신인 감독 커스텐 탄Kirsten Tan의 〈뽀빠이POP AYE〉가 선댄스영화제 경쟁부문에 진출했다는 소식이다. 커스텐 탄은 2009년 단편 〈냉면Cold Noodles〉으로 부산에 초청된 바 있기도 하다. 앤서니 첸은 내년에 두 편의 영화를 연출할 계획이라고. 에릭 쿠Eric Khoo 감독은 일본과 합작으로 〈우리가족: 라멘샵Ramen Shop〉을 제작하는데 내년 4월 촬영을 시작할 예정으로 부산에서 상영이 가능할 듯하다. 로이스톤 탄Royston Tan 감독은 저예산 독립영화 〈3688〉을 연출할 예정으로 내년 10월에 촬영을 시작한다고 한다.

싱가포르영화제의 국제고문으로서, 유니 하디 집행위원장과 싱가포르영화제의 미래에 대해 많은 이야기를 나누었다. 유니는 내년에 공동 집행위원장 영입을 생각하고 있다며 적임자 추천을 의뢰했으나, 싱가포르에서 살아야 한다는 조건 때문에 적임자가 있을지 모르겠다.

유니 하디 집행위원장 부부와 딸. 남편은 태국의 아딧야 아사랏 감독.
유니에게 임권택 감독님이 선물하신 DVD 세트를 전달했다.

2017

[출장메모] 말레이시아독립영화협회 결성을 제안하다

제1회 말레이시아국제영화제Malaysia International Film Festival (이하 '말레이시아영화제')는 민간 차원에서 시작되는 영화제로, 마지막 날 시상식의 명칭을 '말레이시아 골든글로벌 어워드 Malaysia Golden Global Awards'로 정하고 화려한 시상식을 거행했다.

시상식에 초점을 맞추는 영화제이다 보니 많은 문제점들이 야기되었다. 전체 상영 회차가 2개 극장에서 단 18회에 불과했고, 그중 말레이시아영화는 단 한 편뿐이었다. 카탈로그도 시상식 쪽 카탈로그만 제작했다. 더 심각한 문제는 말레이시아 영화인들의 참가가 거의 없었다는 점이다.

나는 영화인들 미팅에 집중하기로 하고 이틀에 걸쳐 탄추이무이, 호유항, 리우성탓, 우밍진, 피트 티오Tio Pete, TK 청TK Chung, 웡턱청Tuck Cheong Wong 등을 만나 말레이시아 독립영화 현황에 대해 논의했다. 그들은 나의 제안을 받아들여 '말레이시아독립영화협회Malaysian Independent Film Association'를 결성하여 올해 부산영화제에 15명 내외의 독립영화인들을 참가시키기로 하였다.

아스트로 떵리옌 부사장으로부터는 가칭 'Astro Southeast Asian Film Award at BIFF'를 제안받았다. 부산영화제 초청작 중 동남아영화 5~10편의 판권을 미리 구매하여, 부산영화제 기간 중 아스트로 온라인과 위성, 케이블 채널을 통해 방송하고 인기투표를 통해 최우수 작품상을 선정하는 기획이다. 구체적인 내용은 3, 4월에 논의를 진행하기로 했다.

홍콩 영화제 04.11~04.18

[출장메모] 홍콩의 새로운 재능들과 카일리 평과의 만남

홍콩영화제는 매년 아시아영화상, 필름마트와 함께 개최해 왔으나, 올해는 일정을 달리하여 따로 개최하게 되었다. 이유는 홍콩국제예술제에 밀려 극장을 빌리지 못한 때문이라고 한다. 때문에 영화제는 전반적으로 한산한 편이었다.

홍콩에서는 지난 수년간 눈에 띄는 신인 감독을 찾을 수 없었다. 그런데 지난해와 올해 의미 있는 흐름이 생겨나고 있다. 홍콩정부는 크리에이트홍콩CreateHK과 영화발전기금을 통해 2013년부터 '장편데뷔작지원제도'를 운영해오고 있는데 2013년 첫해 지원작이었던 세 편의 프로젝트의 결과물이 지난해부터 나오고 있는 것이다.

청킹웨이King Wai Cheung의 〈쪽빛 하늘Somewhere Beyond the Mist〉, 찬치파Chan Chi-fat의 〈위즈 온 파이어Weeds on Fire〉, 웡춘Chun Wong의 〈일념무명Mad World〉이 그것이다. 특히 〈일념무명〉은 지난해 금마장영화제, 홍콩영화상 등에서 여러 상을 수상한데 이어 홍행에서도 성공을 거두고 있다. 현재 장편데뷔작지원제도는 4기까지 진행되었고, 앞으로도 이 제도를 통해 재능 있는 신인이 계속 발굴될 것으로 보인다.

홍콩의 톱스타들 중에서도 제작사를 만들어 직접 신인 감독을 발굴하고 지원하는 케이스가 있다. 이미 수년 전에 류더화Andy Lau가 '포커스필름Focus Films Limited'을 통해 그러한 지원을 했었고, 구텐러Louis Koo의 '원 쿨 필름One Cool Film'에서도 최근 신인 감독 장편데뷔작을 만들기 시작했다. 올해 그 첫 성과물로 여성감독 탐와이칭Wai-ching Tam의 〈당신의 꿈속에서In Your Dreams〉가 완성될 예정이다.

올해 홍콩영화제는 에드워드 양Edward Yang의 회고전을 진행했다. 이를 위해 홍콩을 방문한 부인 카일리 펑Kaili Peng을 만났다. 지난 2007년 에드워드 양 감독이 타계한 직후 부산영화제는 그의 회고전을 개최하고 그에게 '올해의 아시아영화인상'을 수여했었다. 이는 카일리 펑의 도움이 있었기에 가능했었다. 당시 카일리는 아들 션Sean과 함께 부산을 찾았었고, 2년 전에도 부산을 찾은 바 있다. 카일리에 따르면 그때 6살이었던 션이 이제는 중학생이 되었다고 한다. 션의 사진을 보니 아빠와 판박이다. 그래서 더 짠하다. 카일리는 최근 미국과 베이징을 오가며 영화제작을 준비 중이다. 그중 한편은 고 에드워드 양 감독의 유작 프로젝트인 애니메이션이다.

파지르영화제는 1982년 창설된 영화제로 이슬람혁명을 기념하기 위해 만들어졌다. 2월과 4월 두 번에 걸쳐서 개최되는 특이한 성격의 영화제인데 이란영화의 신작을 많이 발견할 수 있는 영화제이다. 나의 임무는 이란영화를 가능한 한 많이 보고, 많은 영화인들을 만나며, 이번 영화제에서 개최되는 '한국영화특별전'에 맞춰 테헤란 연극영화대학에서 '한국영화의 오늘'에 대해 강연하는 일이었다.

자파르 파나히는 2010년에 향후 20년 동안 활동을 금지한다는 법정선고를 받은 바 있다. 하지만 그 이후에도 그는 3편의 영화를 만들었고, 지금은 영화제작과 해외 출국을 제외하고는 비교적 자유로운 편이다. 하지만 여전히 정부의 사찰감시 대상이다. 나는 숙소에서 장장 1시간을 달려 테헤란 북부 지역에 있는 그의 집을 방문하였다. 최근 그는 눈에 이상이 생겨 수술을 했고, 딸은 파리에 거주하고 있으며 아들은 장편극영화 연출을 준비하고 있다고 한다. 그는 해외로 나가지 못하는 현재의 상황이 오히려 더 영화에 집중할 수 있는 이점도 있다고 한다. 과거에 영화를 만들면 전 세계를 돌아다녀야 했기 때문에 만들고자 하는 영화제작이 더딜 수밖에 없었다는 것이다.

그의 신작 계획은 매우 흥미롭다(비밀 유지 바람). 이전 세 편은 모두 정부의 허가를 받지 않고 비밀리에 찍은 영화들이

자파르 파나히 감독 집에서

었지만 이번에는 이란의 저명한 여배우 파테메 모타메다리야Fatemeh Motamedarya가 주연으로 등장하는 영화이다. 파테메와는 이미 출연 합의가 끝났지만, 정부의 허가를 받지 않으면 출연이 불가능하다고 한다. 해서 정부에 제작 신청을 하고 답변을 기다리고 있지만, 가능성은 50% 미만이라고.

이와 관련해서, 이란에서도 곧 대통령 선거가 있다. 중도 성향의 현 대통령 로하니 정부가 들어섰을 때 파나히에 대한 사면의 기대가 있었으나 성사되지 못했다. 이번 대선은 현 로하니 대통령과 초강경파 이브라힘 라이시Ebrahim Raisi의 2파전이 될 것이라고 하는데, 만에 하나 라이시가 대통령이 된다면 그것은 자파르 파나히에게도 커다란 재앙이 될 것이다. 부패한 이란의 최고 종교지도자 하메네이의 측근인 라이시는 과거 반체제 인사 30,000명을 처형시키는 데 관여한 인물로도 알려져 있다. 현재 자파르가 기획 중인 영화의 정부 허가도 물 건너가는 것이다.

4월 22일에는 고故 압바스 키아로스타미 감독에 대한 추모 행사가 열렸다. 이 자리에는 그와 영상 편지를 주고받았던 빅토르 에리세Victor Erice 감독과 프리드릭 토르 프리드릭슨Fridrik Dor Fridriksson 감독, 저명한 영화평론가들, 그리고 압바스 키아로스타미 감독과 함께 작업했던 영화인들이 자리를 같이하였다. 하지만 나에게 가장 반가웠던 얼굴은 바로 바박 아흐마드푸르Babek Ahmed Poor와 아흐마드 아흐마드푸르Ahmed Ahmed Poor였다. 영화 〈내 친구의 집은 어디인가?Where Is The Friend's Home?〉에서 주인공 아흐마드Ahmed와 숙제를 해오지 않아 선생님께 혼나던 네마자데Nematzadeh 역을 맡았던 이들이다. 그들이 이제는 장성해서 청년이 되었다.

압바스 키아로스타미 감독 영화 <내 친구의 집은 어디인가>의 주인공
바박 아흐마드푸르와 아흐마드 아흐마드푸르

추모 행사에 참석한 뒤 나는 곧바로 이란의 지인들, 그리고 일본에서 온 영화인들과 함께 라바산으로 출발했다. 일본 영화인들은 고故 압바스 키아로스타미 감독의 마지막 장편 〈사랑에 빠진 것처럼〉의 제작자 호리코시 겐조Kenzo Horikoshi, 촬영감독 야나기시마 카쓰미Katsumi Yanagishima 등이었다. 테헤란에서 1시간 정도 거리인 라바산은 평소 키아로스타미 감독이 사랑했던 자그마한 도시로, 체리나무가 아름답기로 유명한 곳이다. 실제로 키아로스타미 감독은 〈체리 향기The Taste Of Cherry〉를 이곳에서 찍었다. 감독의 묘는 라바산 언덕배기의 자그마한 공동묘지에 있다. 하지만 정작 그 공동묘지 안으로는 들어갈 수가 없었다. 평소 너무 많은 추모객들이 몰려서 주민들이 생활에 불편을 겪었고, 이로 인해 공동묘지는 매주 목요일만 개방을 한다고 했다. 결국 우리는 좀 더 높은 언덕배기에 올라가 사진을 찍는 수밖에 없었다.

압바스 키아로스타미 감독 묘지

2017년 초 부산영화제는 체제를 정비하고 새롭게 출발했다.
몇 년간 지속됐던 난국이 해결의 갈피를 잡기 시작하자
그간 줄어들었던 출장이 다시 늘어났다.
한결 가벼워진 발걸음이었을 것이다.
하지만 그것은 강행군이기도 했다.
3월에는 말레이시아와 홍콩, 4월에는 이란을 방문했다.
테헤란에서 열린 압바스 키아로스타미의 추모 행사에 참여한 지 3주 뒤
그는 칸영화제 출장계획서를 작성했다.
책의 말미에 그 출장계획서를 수록한다.
이것은 보고서가 아니라 계획서이다.
그는 칸 출장에 대한 보고서를 남기지 않은 채 긴 여정을 떠났다.
직위란에 수석프로그래머로 기재한 것이 눈에 띈다.
부집행위원장보다 그 이름을 더 좋아했던 것 아닐까?
그렇게 김쌤은 영원한 프로그래머로 남았다.

작성일	2017.05.12
소속	선정위원회
직위	수석 프로그래머
성명	김지석

제70회 칸영화제 참가 국외 출장 계획서

출장기간	2017.05.16~05.26	일수	9박 11일
출장지역	프랑스 칸		
초청조건	없음		
행사개요	행사명 : 제70회 칸영화제 개최기간 : 2017년 5월 17일~28일 부문 : 경쟁부문, 비경쟁부문, 주목할만한 시선, 감독주간, 비평가 주간, 칸 클래식 병행행사 : 칸필름마켓		
목 적	아시아영화 신작 관람 세계 영화 네트워크 구축 아시아 영화인 미팅 아시아영화 신작 정보 취합		
1 일 차 (05.16)	부산출발(10:50)-니스도착(22:10)		
2 일 차 (05.17)	11:30 Reset by Chang - Riviera 2 13:30 Reminiscence by Yasuo Furuhata - Palais H 16:00 누리픽쳐스 17:00 Doha Film Institute - KOFIC 부스 18:00 God of War by Gordon Chan - Gray 1		
3 일 차 (05.18)	10:00 유니 하디 싱가폴영화제 집행위원장 11:30 Have a Nice Day - Olympia 3 14:00 Sadaf Forkighi 16:00 Wine War by Leon Lai - Gray 3 18:00 Shock Wave by Herman Yau - Lerins3 19:00 프랑스와 다실바 22:30 Blade of Immortal by Miike Takash - Olympia 1		
4 일 차 (05.19)	10:30 MM2 - 싱가폴필름커미션 부스 11:00 Vietnam Media 11:30 구니트 몽가 - 그랜드호텔 12:00 미라 레스마나 - KOFIC 부스 13:00 도쿄영화제 스시 런천 - Sushi Kan Restaurant		

	13:00 비평가주간 런치 16:00 야쉬 라지 필름 18:00 A Beautiful Star by Daihachi Yoshida - Leriens3 20:00 카자흐스탄영화 리셉션 - La Plage du Gray d'Albion 21:00 중국영화 리셉션 - Plage Majestic 70
5 일 차 (05.20)	10:00 Viacom 18 - American Pavillion 11:00 산제이 램, 프리얀카 초프라 - KOFIC 부스 13:30 도쿄영화제 - KOFIC 부스 15:00 싱가폴영화 리셉션 16:00 HKIFF WIP 스크리닝 - Palais K 20:00 베트남영화 리셉션 - Plage Le Goeland 21:00 대만영화 리셉션 - La PlageRoyal 21:00 Edko 칵테일파티 - Le Jardin de Bambou 22:15 Tehran Taboo by Ali Soozandeh - 미라마 극장
6 일 차 (05.21)	09:30 A Man of Integrity by Mohammad Rasoulof - Gray1 11:30 Last Laugh by Zhang Tao - Palais B 15:00 Sahamonkol 16:30 Before We Vanish by Kurosawa Kiyoshi - 드뷔시극장 19:00 아시아영화인 저녁식사
7 일 차 (05.22)	09:30 Smoking on the Moon by Kanata Wolf - Gray 5 11:30 Oh Lucy by Atsuko Haranayagi - 미라마극장 14:20 The Lady in the Portrait by Charles De Meaux - Arcade2 16:00 두바이필름마켓 프레젠테이션 - Palais K 18:00 드림랩 19:30 Manto 제작발표회 및 리셉션 - 마제스틱호텔 21:00 한국영화 파티 - Plage Royal
8 일 차 (05.23)	10:00 Iranian Independents 12:00 Mouly Surya 14:00 Marlina by Mouly Suriya - Olympia 17:30 Walking Past the Future by Li Ruijin - Olympia 6 21:45 그후 by 홍상수 - Olympia 1
9 일 차 (05.24)	10:00 Angel's Salvation - Gray 1 11:30 Radiance by Naomi Kawase - PalaisJ 14:30 24Frames by Abbas Kiarostami - 60주년 기념관 17:00 크리스토퍼 도일, 제니 수엔 18:00 Toho
10일차 (05.25)	10:00 Zombilleniim(애니메이션) - Reviera 2 15:00 칸 출발 - 21:00 파리 출발
11일차 (05.26)	18:20 부산 도착
유무선	010-2555-6945
숙박지	3 blvd, Victor Tuby, Cannes

김쌤은 출장 중
김현민

지석영화연구소 설립, 다큐멘터리 제작, 그리고 김쌤에 관한 책자 발간 소식을 접했을 때, 의미 있는 추모 사업이지만 마음 한편으로는 외면하고 싶었다. 마치 좋아하던 책의 가장 좋아하는 구절을 마주하기 직전 잠시 책갈피를 꽂아 덮어두고 싶은 마음처럼. 갈무리해두었던 책장을 다시 펼쳤을 때 예상치 못한 전개에 직면하게 되는 긴장감, 혹은 좋아하던 책을 다 읽고 마주하게 되는 '읽었던 책'이라는 과거형으로만 기억될 것만 같은 두려움 때문이었으리라. 어쩌면 결말을 알면서도 미처 마지막 책장을 넘겨보지 못한 척, 가장 좋아하는 그 구절에 멈춰서 가장 기분 좋은 설렘을 영원히 남겨두고 싶은 것일지도 모른다. 하지만 부산국제영화제를 만들어가는 사람들과 전 세계 영화인, 그리고 영화 팬 모두가 김지석이라는 창을 통해 부산국제영화제를 기억할 수 있게 하려면, 그립지만 마지막 책장을 넘겨야만 한다. 그래야만 이 책의 행간과 행간 속에 숨은 그의 입말-그의 끝나지 않은 업적과 가치를 온전히 되새길 수 있지 않을까.

누군가는 김쌤을 허황된 꿈을 꾸는 사람이라고, 누군가는 평생 자신이 좋아하는 일만 한다고, 이기적인 사람이라고 말

한다. 그렇다. 김쌤은 자기가 좋아하는 것만 좇았던 참 이기적인 사람이다. 김쌤의 출장은 20대부터 시작되었다. 아르바이트로 모은 돈으로 해외의 많은 영화제를 돌아다녔다. 그러면서 대한민국 부산이라는 항구도시에 국제영화제를 만들어야겠다는 꿈과 염원을 키웠다. 처음으로 칸영화제에 참가한 청년 김지석은 당시 연인이었던 홍은옥 여사에게 칸영화제 방문 기념 선물로 옷, 신발, 가방 가운데 하나를 고르라고 했다. 하지만 홍은옥 여사는 하나가 아닌 전부를 선택했고, 그는 연인의 선물을 위해 칸 해변에서의 노숙을 마다하지 않았다. 그 후 1996년 김쌤은 제1회 부산국제영화제 개최와 결혼을 앞두게 된다. 하지만 부산시에서의 예산 집행이 더디게 되자 그들의 결혼자금을 영화제 개최의 종잣돈으로 사용하기에 이른다. 물론 부인의 너그러운 허락으로.

김쌤은 지독하게 끊임없이 영화를 보았다. 아무도 찾지 않는 미지의 영화를 처음부터 끝까지 마주했다. 국내외 프라이빗 시사 출장 시 이런 김쌤의 행동에 의문이 든 관계자들은 왜 영화를 끝까지 다 보는지 물었다. 김쌤은 이 영화를 제작한 제작진에 대한 예우라고 말하면서 진심 어린 피드백을 주었고 그들의 작품 활동 행보를 주시하고 싶다고 했다. 그렇다. 그는 유명 영화인이든 아니든 평등하게 예우를 갖추어 대했으며 그들과 영화 발전에 대해서 깊이 있게 논의했다. 그의 영화 철학에 대한 고집 있는 프로그래밍으로 지금의 부산국제영화제는 아시아 최대 국제영화제로 자리매김할 수 있었다.

모두가 김쌤의 역할을 일당백으로 이어 나갈 수 있는 인재는 여전히 부재하다고 말한다. 하지만 그는 의도했건 하지 않았건 이미 많은 후배에게 자신의 전략을 꾸준히 공개하고 공유해왔다. 지난 2013년에 김쌤은 사무국 직원들을 위해 각 아시아국가의 영화에 대한 강의를 했다. 하지만 그의 강의에서는 아시아 감독들이 좋아하는 음식들을 비롯해, 출장 시 영화제 초청을 위한 뇌물(?)로 꼭 준비해가는 삼계탕이나 감자탕, 미역국 등의 음식들에 대해 다루었다. 그렇게 우린 의도치 않게 그 강의를 통해 각각의 감독들이 좋아하는 음식과 못 먹는 음식, 그리고 식당 정보 등을 배웠다. 김쌤의 거짓 없는 단순하고 순수한 전략(?)이 부산국제영화제를 찾아와 그를 '미스터 킴', '오빠 Oppa', '빅 브라더'라고 부르는 가족들을 늘려왔다. 늘 온화하고 편안한 미소를 머금고 항상 동등하게 사람을 대하는 김쌤. 모두를 가족처럼 따뜻하고 세심하게 배려하는 마음이야말로 후배들이 가장 잘 닮기를 바라던 점일지도 모른다.

김쌤에게는 영화와 부산국제영화제가 인생의 전부라고 우리는 기억한다. 그의 지독한 고집으로, 부산국제영화제의 의미와 방향을 유지해왔고, 전통적인 신념 아래 어떤 권력과 아첨에도 흔들리지 않고서 표현의 자유를 지켜냈다. 지금 어디선가 신인 감독의 데뷔 작품을 보며 아시아의 뉴웨이브를 외치고 있을 김쌤. 영화제의 정체성을 지키며 감독들의 부족한 제작비 마련을 돕기 위한 방안을 찾고 있을 김쌤. 즉시 행동으로 옮기되 낭만을 잃지 않는 인생을 가르쳐 준 최고의 인생 선배이자 스승인 김쌤. 그런 그를 만날 수 있어 행복했고 또 감사하다. 끝으로, 그가 영화인 가족들을 위해 새로 발견한 맛집이 후한 평점을 받고 있다고 전하고 싶다.

리멤버링 김지석(Remembering KIM Jiseok).

부산국제영화제
48058 부산시 해운대구 수영강변대로 120,
영화의전당 비프힐 3층
대표전화 1688-3010, 팩스 05-709-2299
e-mail forum@biff.kr
www.biff.kr

펴낸이 이용관, 전양준 (BIFF)
저자 김지석
편집 이호걸, 문웅, 김경태, 박진희
자료조사 옥승희
번역 정주현
교열 이호걸, 문웅, 김경태, 로버트 케이글
도움주신 분들 김현민, 박선영, 박가언, 김성한, 박성호
출판 디자인 호밀밭